W0465332

Nathalie Sarraute

Hier

Nathalie Sarraute

Hier

Aus dem Französischen von
Erika Tophoven

Kiepenheuer & Witsch

Die Veröffentlichung dieses Werkes wurde gefördert vom Ministère de la Culture, Paris.

Die Übersetzerin dankt der Autorin für Hilfe und Ratschläge.

1. Auflage 1997

Titel der Originalausgabe *Ici*
© Editions Gallimard, 1995
Aus dem Französischen von Erika Tophoven
© 1997 by Verlag Kiepenheuer & Witsch, Köln
Alle Rechte vorbehalten. Kein Teil des Werkes darf in irgendeiner Form (durch Fotografie, Mikrofilm oder ein anderes Verfahren) ohne schriftliche Genehmigung des Verlages reproduziert oder unter Verwendung elektronischer Systeme verarbeitet, vervielfältigt oder verbreitet werden.
Umschlaggestaltung Rudolf Linn, Köln
Satz Jung Satzcentrum, Lahnau
Druck und Bindearbeiten Spiegel Buch GmbH, Ulm
ISBN-3-462-02671-2

I

Er kommt bestimmt wieder, er kann nicht für immer verschwunden sein, das ist nicht möglich, er war doch schon so lange da... die zarte, leicht gebeugte Gestalt... kaum noch erkennbar... die hatte ihn nach hier mitgebracht das erste Mal, sie hatte ihn hier hereingetragen, und er war geblieben, hatte sich hier fester verankert als sie.
Es war etwas Ungewöhnliches, Verblüffendes an ihm, so daß er sich tiefer hier einnistete, nicht mehr wegrührte... Aber gerade da, wo er steckte, wo er mit Sicherheit zu finden sein mußte, da klafft auf einmal dieses Loch, diese Lücke... »Eine Gedächtnislücke», wie man leichthin sagt, unbekümmert, ohne sich länger dabei aufzuhalten... Wenn es nicht unbedingt sein muß, warum sich abmühen, abquälen, um das Loch zu stopfen, warum seine Zeit verlieren? Aber die Bresche, die er hinterließ, die Scharte wird größer, breiter, bringt alles ins Wanken... man muß sie auf jeden Fall wieder schließen, er muß unbedingt wiederkommen, sich hier wieder einfügen, seinen Platz ausfüllen...
Doch es ist nichts von ihm übriggeblieben, nichts, woran man ihn festmachen, ihn herausziehen könnte, kein einziges Merkmal, kein noch so flüchtiger Anhaltspunkt. Selbst wenn man alle Vornamen im Kalender durchginge, warum nicht? würde man ihn nicht entdecken...
Und doch kann er nicht weit weg sein, er ist bestimmt ganz nahebei, kann jederzeit wieder auftauchen... Vielleicht wäre es besser, sich nicht mehr aufzuregen, Geduld

zu haben, zu hoffen, mit allen Lebensgeistern hier auf dem Quivive, konzentriert, ständig in Alarmbereitschaft...

Was ist das? Etwas pfeift ganz leise... kaum wahrnehmbar... es zischt leicht... Ff... Ff... das kommt bestimmt daher... es hörte sich genau so an... Ff... aber es kam nicht von dem Ff... es kam... ohne Zweifel... es kam von Ph... Ph zeigt sich ganz klar... nach Ph kommt... Auf Ph folgt... Phi... und jetzt Phil... Phil ist da, und der Rest wird folgen... der Rest folgt... formt sich kaum merklich... Philis... aber *lis* ist zu kurz, zu leicht... es ist etwas Längeres, Schwereres... Wie bitte! Philomene?... Was für übermütige Teufelchen haben zum Spaß diese grotesken Silben angehängt? Schnell wieder abkoppeln... Und was statt dessen... Proserpine... Proserpine?... ja, an Proserpine ist etwas dran... Weg mit Phil... Phil war falsch... Aber nein, es war nicht Proser, konnte es nicht sein... Proserpine hat alles durcheinandergebracht... Hier ist wieder Phil, Phil muß es sein... Phil bleibt... Phil... hängt in der Luft... Und da trudeln herein... dank des Freiraums, des Durcheinanders hier, Philatelie... Philharmonie... Philanthropie...

Von nun an darf man nicht mehr hinschauen, nicht mehr sehen, was da klafft... Anderes wieder nach vorn kommen, alles ausfüllen lassen, die nassen Bürgersteige, die Chaussee, die Leute... der da mit seinem Stock, er sollte noch nicht losgehen, lieber warten, aber nein, er geht über die Straße, und schon ist Grün, er hoppelt, er rennt beinahe, dabei brauchte er sich gar nicht so zu beeilen, die

Autos warten noch… es ist wie ein ferner Refrain… ein Vers… eine Redensart… es sind Worte wie bei einer Zeremonie, bei einem Ritual… rituelle Worte… und dann fegt es alles andere hier beiseite, füllt alles aus, die Finger, die zupacken, um aus der aufgeknackten Schale mit den gezackten Rändern herauszupulen, herauszutrennen… sie liegen nebeneinander, mit einer rauhen, leicht geriffelten braunen Haut überzogen, und dann die herausgelöste Hälfte den anderen Fingern reichen, die sich nun auch vorstrecken, es entgegennehmen… und wie mit Fanfarenstößen die Siegesmeldung… »Bonjour Philippine«*…

Philippine… Philippine… immer wieder Phi-lip-pine… welche Sicherheit, welche wonnevolle Beruhigung geht davon aus… alles ringsum ist stabil, fest verschlossen und glatt, ein makelloses Ganzes… nicht der kleinste Spalt, durch den etwas hier eindringen könnte, kein Hauch, der zum Schwanken brächte, zum Zittern…

* Bezieht sich auf das früher sehr beliebte Gesellschaftsspiel, bei dem zwei Personen zusammen eine zweigeteilte oder eine Doppelfrucht aßen und sich beim nächsten Wiedersehen als »Vielliebchen« begrüßen mußten. »Bonjour Philippine« – »Guten Tag, Vielliebchen«.
Anm. der Übers.

II

Da ist es wieder, füllt alles aus... es steht regungslos da, unverändert von einem Mal zum anderen... das Stückchen Mauer in der hellen Sonne, die breiten, rundlichen Pflastersteine, dazwischen das graugrüne Gras, der dicke vermooste Stein der alten Bank und darüber die Zweige mit den rosa Blüten, die von dem dünnen, rauhen Stamm in duftigen Trauben aufragen... Und in dieser vollkommenen Regungslosigkeit, in dieser Stille... es war, als könnte überhaupt niemand hier anwesend sein... auf einmal die Worte: »Wie heißt doch noch dieser Baum?«...
Aber es ist nichts, ein kurzes Eindringen, eine drohende Zerstörung, die im Nu abgewehrt sein wird... »Es ist... es ist...« der Name ist da, er wartet nur darauf, herbeizueilen, man braucht ihn nur zu rufen... »Es ist ein... es ist ein... nanu, es ist ein...« und er kommt nicht... der Talisman, den man sonst nur in die Hand zu nehmen und hinzuhalten braucht, der Talisman, der den bösen Blick abwendet, ist nicht mehr da... aber was ist denn nur? Das ist noch nie passiert, es ist das erste Mal...
Der ungerührte, gleichgültige Aufseher steht auf der Schwelle, er wartet... er soll sich gedulden, er kriegt ja den verlangten Wisch... er war immer hier... wie konnte er denn verlorengehen? Man braucht nur gründlich nachzusehen, er wird sich bestimmt wiederfinden...

Das Stückchen Mauer, die Pflastersteine, das Gras, die Bank, alles ist etwas unwirklich, unbeständig geworden... eine Kulisse, die nur dazu da ist, daß der Baum sich davon abhebt... Ein anonymer Baum, ein fremder Baum... er muß unbedingt seine Identität preisgeben, man darf nicht lockerlassen, muß ihn immer wieder befragen, ihn festhalten, vorzeigen, seinen rauhen dünnen Stamm, seine Zweige voller Blütentrauben, die sich wie Federbüsche, Federwedel aufrichten... man muß ihn umklammern, ihn drücken, ihn hochnotpeinlich befragen... aber es kommt nichts dabei heraus, nicht der kleinste Hinweis, nichts, was helfen würde, sich auf seinen Namen zu besinnen...

Vielleicht sollte man ihn etwas sanfter behandeln, ihn in seine ursprüngliche Umgebung zurückversetzen, wo er sich ohne Zwang entfalten könnte... vor der kleinen weiß gekalkten Mauer, hinter der Bank, auf dem runden Fleck zwischen den Pflastersteinen, wo er im Erdboden verwurzelt ist... vielleicht würde er sich in der vertrauten Umgebung von selbst gehenlassen... aber er gibt nichts preis... er steht fernab... ein Baum, mehr nicht... nichts als ein Baum.

Nun, da alles um ihn her verschwindet und hier nur zurückbleibt, was seine Eigenart betrifft, nur das allein, muß man sie sich genauer ansehen, nur das unterscheidet ihn von anderen Bäumen, das sind seine besonderen Kennzeichen... die Zweige mit den zartrosa Blüten... duftig, wolkig... sie schweben um ihn herum... umgeben ihn wie einen feinen Dunst... Etwas ballt sich zusammen, sickert hervor... was ist das? Es ist zum Lachen, ein Witz... ..itz ...ix... Tamarix... kein Zweifel, es ist ein

Tamarix... auf einmal ist alles wieder da... ein Tamarix*... Der *Ta*lisman war ganz nahe daran, aber hatte nicht geholfen... wie hätte das dicke, plumpe Anhängsel *lisman* auch auf die richtige Spur lenken können zu Tamarix? Ta-ma-rix...

Nun hat alles Zeit... man darf hier verweilen, in aller Ruhe genießen... Der kleine sonnige Platz, wo alles, was es an höchst Intensivem, Lebendigem geben kann, eingefangen, festgehalten worden ist, die unablässigen Grabungen gieriger Forscher hatten ihn einen Augenblick lang verheert, aber schon ist er wieder, was er immer war... wenn auch nicht ganz und gar... er ist für immer unverletzbar, wohl erhalten... die Güte des Himmels senkt sich auf ihn herab... rieselt von der kleinen bläulich-weißen Mauer, dem seidigen Widerschein der Pflastersteine, dem Gras dazwischen mit seinem unvergleichlichen Grün, und von dem Baum, dem gebogenem Stamm, den wolkigen Trauben seiner rosigen Blüten... Und da ist es soweit, die Wörter brechen herein... »Wie heißt doch noch dieser Baum?« Was da eindringt, ist ungefährlich, wird schnell zurückgedrängt... das leicht Erregende einer Bedrohung, die im Nu abgewehrt ist: »Es ist ein Tamarix.«

Tamarix... gütiger Himmel... Seine Güte... Seine Gnade...
Sie langsam dahinfließen lassen, sanft jede Silbe ausfüllend... Ta...ma...rix Ta...ma...rix...

* lat. für Tamariske

III

Eigentlich brauchte man nur anzurufen... »Verzeihung, ich störe gewiß, es ist zu blöd, ich weiß nicht, was mit mir los ist, ich komme nicht mehr auf den Namen jenes italienischen Malers der Renaissance, jeder kennt ihn, er malte Figuren aus Gemüse und Früchten«... und schon wäre die erste Hilfe zur Stelle, das Loch gestopft, alles fände wieder seinen Platz... Aber wo bliebe die Befriedigung, die triumphierende Freude... der Beweis dafür, daß die Kräfte, die hier wachen, noch immer imstande sind, ganz allein, ohne Hilfe von außen, das wieder zu schließen, was sich irgendwo, in irgendeinem Moment öffnen, hereinlassen, sich hier verbreiten lassen kann, jene Ausdünstungen... den Hauch, den Atem des unwiederbringlich Abhandengekommenen, Entschwundenen...

Noch nicht, es bleibt vielleicht noch eine Chance... sie kamen nie getrennt voneinander, sobald es auftauchte, wenn auch nur als vages Bild, war er auch da, er brachte es zum Vorschein... jede einzelne Silbe schrieb sich in das Haar aus Weintrauben, Weinblättern, Kirschen, Erdbeeren ein, in den Zucchino, der zwischen den beiden Äpfeln der Wangen hervorlugt, in den Mund, einen halb offenen Granatapfel... er besaß auch jene Freiheit, jene Durchsetzungskraft, jene Kühnheit... kühn... bold... ja, bold... aber bold ist nicht italienisch... Boldo... Boldovinetti... ach was, das ist es nicht, ganz und gar nicht, der ist es nicht... und der Buchstabe, der sich darin versteckte, genau in der Mitte, wo man ihn nicht vermuten würde... ähnlich wie die Haselnuß unten an der Wange, die Brombeere... Über dem Kopf schwebt hinten etwas im Nebel... ein weißlicher Bogen... eine Art Ar-kade... sie verschwindet, sie hat hier nichts zu suchen... Boldo, Boldi...

Man sollte lieber aufgeben, um Hilfe rufen... gerade diesmal, wo es so leicht ist, so sicher, daß alles sich gleich wieder beruhigen wird... aber halt, nicht zu hastig, zu ungeduldig, das wäre gefährlich, es könnte Sanktionen nach sich ziehen... der Leumund eines Besessenen, Verrückten... »Er ruft mich an, ich war gerade sehr beschäftigt, und er fragt mich unvermittelt... er wirkte verstört, er hatte gewiß eine schlaflose Nacht verbracht...« Nicht die Unordnung, die mangelnde Kontrolle durchblicken lassen, die allem, was immer und überall fortgejagt würde, erlaubt, sich hier niederzulassen, alles zu besetzen... man muß zeigen, daß es, ganz legal herbeigerufen, mit einem »gültigen Passierschein« ausgestattet, hierhergekommen ist... Nach einem kurzen Gespräch, nach den üblichen Fragen und Antworten, einfließen lassen... »Ich habe gesehen, ich weiß nicht mehr wo, daß ein Bildband mit hervorragenden Reproduktionen erschienen ist von dem Maler... seine Figuren bestehen aus Blumen, aus Früchten... ich wollte ihn bestellen, aber da fällt mir der Name nicht mehr ein... unmöglich, darauf zu kommen...« Aber diesmal braucht man keine Vorsichtsmaßnahmen zu ergreifen, die Beruhigungsspritze wurde ungewöhnlich sanft verabreicht... »Ach ja, das ist ärgerlich... wenn mir das neuerdings passiert, suche ich nicht weiter, ich habe gemerkt, daß man nur anzutippen braucht und dann... es

ist sonderbar... man könnte meinen, daß sich ein Mechanismus in Gang setzt, das Suchen geht vonstatten, ohne daß man es merkt, und plötzlich ist das Gesuchte wieder da, als man schon gar nicht mehr daran gedacht hat...«
Nach ein paar Dankesworten, ein paar kurzen Floskeln, kann man es ganz für sich haben, es betrachten... Arcimboldo... er ist es also... er hatte im Nebel jene Arkade entstehen lassen... und das skurrile, unerwartete M... es steckte in der Brombeere unter der Wange... und natürlich nicht bold, boldo... Arcimboldo.
Er ist wieder an seinem Platz. Fest installiert. Dort wird er auch bleiben. Er wird sich nicht so leicht von dort fortrühren.

Nur noch ein kurzer Blick zur Kontrolle..., nein, nicht zur Kontrolle, das ist nicht nötig... nur um ihn noch einmal kurz zu sehen, er ist so anziehend, so lustig... Aber was ist los? Er hat sich verflüchtigt... das Bild kehrt brav wieder, aber er ist daraus verschwunden... er ist nirgendwo mehr darin eingezeichnet... die Trauben, die Erdbeeren, die Äpfel, die Maiskolben sind da, aber er selbst nicht mehr...

Arcimboldo! ein Aufschrei, ein Gebrüll, die Zuschauer werden hochfahren, die Platzanweiserinnen herbeieilen, man wird Licht machen, die Aufsicht rufen... aber nein, niemand rührt sich, alle Augen bleiben auf die Leinwand gerichtet... kein Laut ist offenbar nach außen gedrungen, es war hier, daß Arcimboldo so schallend widerhallte, während er längst nicht mehr erwartet wurde, sogar die Leere, die er hinterlassen hatte, verschwunden war... es ist typisch für ihn, diesen Moment zu wählen... das ist das Tollkühne, das Provozierende, Diabolische an ihm, gerade als der Postillon getroffen wurde, vom Bock fällt, alles verloren ist, die Kutsche stoppen wird, o nein, zum Glück wird er ersetzt, aber die Indianer rücken näher... Arcimboldo... er ist zurückgekehrt, er ist wieder hier, das ist gut, ausgezeichnet, aber jetzt kann man sich nicht um ihn kümmern... ein Reisender bricht zusammen, ein vergifteter Pfeil steckt in seiner Brust, die Pferde können nicht mehr, gleich werden sie eingeholt sein, hier ist kein Platz für ihn, er muß in eine ferne Ecke abgeschoben werden... aus den Augen, aus dem Sinn... aber er ist immer noch da... etwas leuchtet, ein schwacher Schimmer dort hinten, wo er ist, ein geheimes Versprechen, eine Gewißheit... die Gewißheit, daß er nicht mehr abhanden kommen kann, daß nichts mehr abhanden kommen wird.

IV

»Wie geht's?« – »Danke, sehr gut ...« Der Raum, der sich hier sogleich vor ihnen auftut, sich weitet, wird größer werden, die Ausmaße annehmen, die sie ihm zugestehen ... sie können sich getrost niederlassen ... Falls sie jemals bei ihrer Ankunft hier irgendwelche Bedenken gehabt haben sollten, so können sie ganz ruhig sein, sie haben nichts zu befürchten ... sie könnten alles inspizieren, beschnuppern, beriechen ... die Luft ist rein, klimatisiert, nichts Muffiges, Abgestandenes, nichts kann eindringen, was es auch sei, das sich draußen herumtriebe und nur darauf wartet, sich einzuschleichen ... was auf einmal, in ein Wort verpackt, hier hereingelangen, sie belästigen, ihnen angst machen könnte ... Hier wurde nichts versteckt, hastig unter Verschluß gebracht, vor ihrem Eintreffen, bis zu ihrem Fortgehen ... nichts, was jeden Moment hervorkommen könnte ... sie mögen die Ohren spitzen, sie werden nichts hören, kein verdächtiges Gerumpel, kein behutsames Geschiebe ... Hier ist nur das, was sie mit Fug und Recht erwarten konnten ... lauter vorzeigbare, ordentlich hergestellte Gegenstände wie die, die sie selbst zu Hause haben, aus festem, zuverlässigem Material, das sie seit langem kennen, sie können nach Belieben davon Gebrauch machen ... Doch vorläufig muß Platz geschaffen werden, damit sie unbehindert abladen können, was sie mitbringen ... aber vielleicht wollen sie sich diesmal lieber ansehen, was hier für sie ausgesucht wird ... Nein, sie wollen die ersten sein, sie bren-

nen sogar darauf, es zu überreichen... »Das ist wirklich ein prachtvolles Stück, eine glänzende Überraschung... Wer hätte gedacht, daß ein Turm von dieser Größe und dieser Form und an dieser Stelle... man hatte befürchtet... aber nein, er stört keineswegs, verschandelt nichts... ganz im Gegenteil...«
Sie hatten sich also für ihn entschieden, der doch hier zum alten Eisen gehörte, sich nur ganz selten zeigen durfte, so flüchtig wie möglich, wenn es gar nicht zu vermeiden war, oder man ihn als Beispiel zitieren konnte für einen jener überraschenden, nicht wieder gutzumachenden Irrtümer... eine wahre Katastrophe...
Von ihnen herbeigerufen, kommt er hervor, stellt sich in die Mitte... man sieht nichts anderes mehr als ihn hier... Nichts darf sie argwöhnen lassen, wie jämmerlich es ihm hier erging, die mangelnde Fürsorge, die schlechte Behandlung, die er hier erfahren hat, während sie ihn in Ehren halten, ihn mitgenommen haben, um seine Kraft noch zu verstärken, damit er immer weiter, immer großzügiger seine wohltuende Wirkung verbreitet... »Von welcher Seite man ihn auch anschaut, er hält stand, nicht wahr?« – »Ja, ja...« Hier besteht für ihn keine Gefahr... Nicht die leiseste Bedrohung... die Gesetze der Gastfreundschaft, die gerade hier so geachtet werden, schützen ihn...
Vor allem keine Auseinandersetzung, keinen Kampf... Es wäre unerträglich, ihre Verstörung, ihre Bestürzung mitzuerleben, wenn sie entdeckten, wohin sie sich vorgewagt haben, in welches fremde, unbekannte Land sie ihn mitgenommen haben... lieber nicht mit ansehen, wie sie, außerstande ihn zu verteidigen, kläglich den Rückzug antreten und ihn beschädigt, besudelt mit fortnehmen.

Ohne die geringste Befürchtung, in voller Unschuld, in vollem Vertrauen zeigen sie ihn... sie finden Worte, aus denen man deutlich heraushört, klar und unwiderlegbar, seine »idealen Proportionen«, seine »schlichte Form«, der Platz, den er einnimmt, genau der richtige, wo er mit der Stadt, mit allen Farben des Himmels aufs beste harmoniert...

Aber aller Zierrat, alle Juwelen, mit denen sie ihn behängen, die nicht zu ihm passen, die nicht für seinesgleichen gemacht sind, verstärken nur das Gefühl der Abwehr, des Aufbegehrens, des machtlosen Zorns, der entsteht durch sein... was eigentlich? Noch nie hatten Worte versucht, es zu fassen, es zu zeigen...

Jetzt rufen ihre Worte hier Worte von gleicher Art, gleicher Kraft hervor, Worte, die sich auf ihre Worte stützen könnten, sie ihm entreißen, ihren Platz einnehmen könnten... da bilden sie sich, drängen herbei... »ungenaue Proportionen«... »eine sklavische, dürftige Imitation, was andernorts ein Meisterwerk an Originalität, an Kraft ist«... der am schlechtesten gewählte Standort... wo er die ganze Stadt verschandelt, entehrt, von wo auch immer man ihn ansieht, zu welcher Stunde, in welchem Licht«... die Worte kommen, sie drücken, sie wollen vorspringen, zum Angriff ansetzen... aber sie dürfen unter keinen Umständen heraus, nichts darf vermuten lassen, daß sie da sind... vor allem darf das Schweigen, das sie zusammenpreßt, nicht zu lange dauern, es könnte zu einem jener »lastenden Schweigen« werden... die gefährlichen Worte weichen zurück, verstecken sich... die anderen, die den Platz übernehmen sollen, treffen ein... »Ja, ja, Sie haben recht, es stimmt genau.«

Ja, Sie haben recht, ja, es stimmt ... die Unterschrift unter den Friedensvertrag nach der Kapitulation ...
Aber es hat gar keine Kapitulation stattgefunden. Wurden sie nicht in Freundesland empfangen? Mußte nicht auf jeden Fall tadelloses Einvernehmen erhalten bleiben? Sollten sie sich hier nicht wie zu Hause fühlen?
Und jetzt, da sie fort sind ... sogar ihr Bild hat sich verflüchtigt ... was sie zurückgelassen haben, gehört ihnen immer noch ... Sie sind hier immer noch zu Hause. Sie sind es überall ... überall sind ihre Worte beherrschend ... sie lassen sich unbehindert nieder ... da? ... Ja, sogar da ... und sie bleiben für immer verankert, sie haften fest ... »Prachtvoll« ... »Erstaunlich« ... »Ein Juwel« ... »Ein wahres Wunderwerk« ... Ihr unablässiges Gemurmel wirkt einschläfernd ... betäubend ... fast erstickend ... ein leichter Ekel ... oh, ganz leicht ... unbedeutend ... es geht vorbei ... ist schon vorbei ... es geht schon wieder ... ja, danke, es geht gut.

V

»Ich muß gestehen, daß ich nie so recht daran glaube, aber was macht das schon, auch wenn es erfunden ist, Sie erzählen so schön, ich höre Ihnen ja so gerne zu ...«
Was ist das auf einmal? Was ist los? Alles ringsum fängt an zu wanken, zu wackeln, wird rissig, droht einzustürzen ... ein Erdbeben ... ein Windstoß wie bei einem Wirbelsturm ... Ein Kugelregen ... die Geschosse sind eingedrungen ... wo genau? an welchen Stellen? Es müssen viele Kugeln sein, wie soll man sie wiederfinden?

Doch schon kommt alles wieder ins Lot, wird wieder, wie es vorher war ... die harten, festgefügten, unzerstörbaren Teilchen wurden nicht herausgerissen, sie sind wieder an ihrem Platz ... Nichts kann sie von dort vertreiben.
Und er hat gewagt, daran zu rühren, er hat geglaubt, er könnte sie zerstören ... Es wird ein leichtes sein, ihn zu überwältigen ... schon kommt rettende Hilfe ... erste Hilfe ... »Es war die Wahrheit. Damit Sie es wissen: Es war alles wahr, wahr, wahr, ja, jedesmal wahr. Niemals erfunden. Es hat sich tatsächlich so zugetragen. Gerade darum habe ich es Ihnen erzählt, damit Sie es wissen.«
Da ist er, gefesselt, fest in unserer Hand. Er versucht nicht, sich zu befreien. Er rührt sich nicht. Er schweigt.
Aber solch ein plumpes, brutales Verfahren kann nicht ausreichen, ihn zu unterwerfen. Er wird in Zukunft vorsichtig sein, er wird sich nie mehr schnappen lassen, er

wird bedauern, daß er sich so ausgeliefert hat... aber er wird ungestraft weitermachen... er wird für immer bewahren, was er hier erhalten hat, er wird es sich noch einmal ansehen, dort drüben, daheim, er wird es vielleicht anderen zeigen... Gegenstände von guter Fabrikation, mit denen er für Unterhaltung, für Spaß sorgen kann...
Ihn auf keinen Fall laufen lassen, man muß ihn zuerst überzeugen... er muß umerzogen werden, aber ohne Gewalt, sanft, mit Ruhe und Geduld... »Sehen Sie, ich hätte es übelnehmen können, für einen Schwadroneur gehalten zu werden, einen Schwindler... er macht eine abwehrende Geste... Ja, ich weiß, Sie wollten mich nicht kränken, im Gegenteil, Sie haben bewundert... Ah, richtig, da haben wir's, das ist der springende Punkt, Sie haben meine Begabung bewundert, meinen Einfallsreichtum... Er stimmt zu, scheint beruhigt... Allerdings haben Sie da ein paar Worte gesagt... Sie sagten doch, oder etwa nicht ›Aber was macht das schon, auch wenn es erfunden ist?‹ Das haben Sie doch gesagt? Das geben Sie zu?« – »Ja, das muß ich wohl gesagt haben...« – »Sie haben es gesagt, eben das wird Ihnen zur Last gelegt, das ist vielleicht, jedenfalls auf den ersten Blick, das Schwerwiegendste...« »Daß ich gesagt habe ›Was macht das schon‹? nun denn, ich sage es, auf Ihre Anklagen bezogen, noch einmal, Sie sind wirklich zu komisch... ich habe gesagt, was macht das schon... nun denn, was macht das schon, das frage ich Sie, daß ich das gesagt habe?«
Nur nichts überstürzen jetzt... alle Kräfte sammeln, um herauszuholen, zum Vorschein zu bringen, was da zusammengeknäult, formlos steckt... es rührt sich, richtet sich auf... wie kann man es zu packen kriegen? eine Sekunde lang glaubt man, es zu halten, und schon fällt es

wieder herunter... da, endlich kommen die Worte, sie packen es an einem Zipfel... genau richtig, sie halten es fest, reichen es herüber... »Sie haben einen Irrtum begangen, einen großen Irrtum... Sie haben nicht den Unterschied erkannt zwischen dem, was wahrhaftig geschehen ist, und einer Fiktion... Moment mal... ja, das ist schlimm... Sie haben nicht erkannt, was beides unterscheidet... wo die Trennlinie verläuft... Dabei ist sie nicht schwer zu entdecken...«
Es müßte dort sein, in Reichweite schon bereitliegen, fertig zum Gebrauch, was diese Linie zum Vorschein bringen kann, aber sie bleibt undeutlich, ganz verschwommen... Ah, da ist sie, sie wird für einen Moment klarer... »Sehen Sie... auf der einen Seite war das, was geschehen ist... ›ein Fakt‹, wie man sagt, und man fügt sogar unnötigerweise hinzu, ›ein Fakt‹ würde ja genügen, man fügt oft ›wahr‹ hinzu, ›ein wahrer Fakt‹... ein sehr harter, fester, widerstandsfähiger Rohstoff, er ist ungerufen hier hereingekommen, hat sich festgesetzt, ist dageblieben, er ist da, ohne daß ihn auch nur ein Wort streift... aber damit Sie es fassen können, damit dieses Stückchen Rohmaterial zu Ihnen gelangt, sich bei Ihnen so einnisten kann wie hier, bedarf es der Worte... Geduld, Geduld... gerade da liegt der Unterschied, da, in den Worten, die diesen ›Fakt‹ bei Ihnen einschleusen... unsichtbare, unauffällige, anspruchslose Worte... sie sind ihm voll und ganz ergeben, sie kleben an ihm, sie überziehen ihn mit einer dünnen durchsichtigen Schicht, sie passen sich gefügig seinen Konturen an... man könnte meinen, daß sie wie von selbst aus ihm hervorkommen, er sondert sie ab, er produziert sie nur, damit sie ihn mitnehmen, damit sie ihn zu Ihnen hinüberbefördern, so wie er ist, ihn so wenig

wie möglich verbiegend... Während die Worte, die Ihnen etwas Erfundenes gebracht hätten... eine Fiktion... ja, wie konnten Sie nur den Unterschied nicht bemerken? Es ist so zerbrechlich, so leicht zu verformen, so unbeständig... es kommt, entfernt sich wieder, verschwindet... es wäre nötig gewesen, daß Worte es aufnehmen, beherbergen..., daß sie sich verbinden, um zu Resonanzböden zu werden, zu Retorten, Destillierkolben, wo es zirkulieren, wachsen, sich entwickeln könnte... Worte, die es ausgefüllt hätte... sie sind voll davon, ja, zum Bersten voll, und sie wären geborsten, und was sich daraus ergossen hätte, was in die Schwankungen der Stimme, in den Tonfall eingeflossen wäre... aber wozu das alles, wenn Sie kein Gefühl dafür haben... es ist immerhin erstaunlich, daß Sie sich so irren konnten... Sie haben die bescheidenen, unscheinbaren Worte, so dünn, so durchsichtig, wie sie sind, für jene gehalten, die bei Ihnen eine Fiktion, ein Phantasiegebilde hervorbringen... wahrhaftig, ein hübsches Produkt, ganz in diese Worte verpackt... das eben gefiel Ihnen, das wollten Sie gerne hören«...

Die Langeweile hatte ihn wahrscheinlich etwas betäubt, plötzlich richtet er sich auf... »Was reden Sie da? Ich habe sie durchaus so wahrgenommen, wie Sie sie beschreiben, die unscheinbaren, durchsichtigen Worte, die bescheidenen Worte, wie Sie sagen... ganz im Dienste eines ›Fakts‹, aber diese Fakten waren eben keine ›wahren‹ Fakten, diese Fakten sahen nur wie ›wahre‹ Fakten aus...« – »Ah, da haben wir's, das ist also der Hauptanklagepunkt, Sie haben diese Fakten für Imitationen gehalten... für Kopien... Sie sind nicht darauf hereingefallen... War es nicht lustig? Täuschend ähnlich... man würde nie glauben... aber Sie sind natürlich nicht so naiv, so unbe-

darft... Sie haben sich nie lächerlich gemacht und sich diese Augentäuschungen näher angesehen, sie angefaßt, versucht herauszufinden, was sich dahinter verbirgt... Sie wußten, daß es nur gemalte Flächen sind... Sie brauchen die Münzen, die man Ihnen gegeben hatte, nicht einmal durch Biß zu erproben, Sie wußten, daß sie nicht echt waren, geschickte Imitationen, aufs feinste ziseliert, vergoldet, patiniert...« – »Doch was soll das alles... die falschen Münzen, die Imitationen... ich konnte keine Augentäuschungen in dem entdecken, was mein Auge nie gesehen hatte, in dem, das nicht so aussah wie... das nichts war als...« – »Das nichts war als... das ist es doch, oder? es war unwahrscheinlich. Darum haben Sie es nicht geglaubt. Aber muß man Sie daran erinnern? Das Wahre, ja eben das Wahre hat es an sich, daß es bisweilen nicht aussieht, als sei es nicht wahr... und das ist so oft und seit so langer Zeit immer wieder geschehen, man verliert sich in der Vergangenheit... daß man ein Gesetz erlassen hat, um es jedesmal zu verteidigen, wenn es durch Menschen bedroht ist, die in der gleichen Lage sind wie Sie: ›Das Wahre kann unwahrscheinlich sein.‹«
Er scheint ungeduldig zu werden... »Aber ja, das weiß ich doch, was wollen Sie mir denn weismachen? Sie legen mir etwas in den Mund, was ich nicht gesagt habe... ich habe nicht gesagt, daß es an sich unwahrscheinlich sei...« – »Aber warum denn? Was war es denn?« Er scheint zu überlegen... er zögert... »Ach, ich weiß nicht...«

Er muß wohl recht haben, er hatte nichts von dem Unwahrscheinlichen gesehen, das hier gar nicht entstehen kann, das zahlreicher übereinstimmender Zeugenaussagen, unwiderlegbarer Beweise bedarf... das war es

nicht, was er gesehen hatte, das konnte nicht so außerordentlich, so verblüffend sein... Ach, wenn es doch möglich wäre, noch einmal nur ein Fitzchen, ein Pröbchen davon wieder herzubekommen... aber wie?...
Es mußte etwas sein, das durch seine Anwesenheit... es löste sich von ihm wie etwas Laues, Mildes... und eben das setzte bisweilen etwas in Bewegung, brachte etwas zum Vorschein, drängte nach vorn, streckte sich ihm unwiderstehlich entgegen, was ohne ihn nicht hervorgetreten wäre, Worte hätten es nicht eingewickelt, um es zu ihm hinüberzutragen und dort einzupflanzen... damit es bei ihm ebenso bliebe wie hier... nur ja keine Veränderungen, Verschönerungen, keine Schnörkeleien, nur ja nicht.
Wenn man es übrigens beliebig oft hätte wiederfinden und herbeirufen können, so würde sich vom einen zum anderen Mal nicht das geringste verändert haben... es war unantastbar, unzerstörbar...
Und das war ihm großzügig überreicht worden... Nein, nicht nur aus Großzügigkeit, nicht nur aus dem Wunsch heraus zu geben, zu teilen... Wenn er bereit gewesen wäre, es bei sich aufzunehmen, hätte es schwerer, dichter werden können... In Worte verpackt, eng von ihnen umschlossen, wäre es nur noch stabiler und sicherer, noch widerstandsfähiger, noch dauerhafter geworden.
Aber er hatte es abgelehnt, es bei sich aufzunehmen und zu behalten, wie er einen ›wahren Fakt‹ bei sich aufnimmt und behält. Er hatte es abgelehnt, ihm den gleichen Status einzuräumen, ihm eine entsprechende Aufenthaltsgenehmigung auszustellen.
Nur unter dieser Bedingung und indem er immer darauf achtete, es nicht als einen ›wahren Fakt‹ zu akzeptieren,

konnte er verhindern, daß bei ihm ein störendes, unruhestiftendes, lästiges, leicht verdächtiges Element daraus wurde… und es statt dessen als angenehmes, unbedenkliches Vergnügen nutzen.

Daß er ihm nicht den Status eines ›wahren Fakts‹ einräumen konnte, lag nicht daran, daß es ihm unwahrscheinlich erschienen war, nein, er hat es ja selbst gesagt, das war es nicht… sondern weil es nicht so aussah wie… es war mit nichts zu vergleichen, was er jemals hier bemerkt, geahnt, vermutet, erraten hatte… nichts, was ihm hier zulässig erscheinen konnte. Ein ›Fakt‹, der anderswo… man weiß nicht wo… ein ›wahrer Fakt‹ sein konnte, war hier nur ›deplaziert‹. Nur als einen ›deplazierten Fakt‹, freilich ohne jede Garantie, mit aller Unsicherheit, aller mangelnden Stabilität, die ein solcher Zustand mit sich bringt, hatte er es schließlich hereingelassen…

Er wußte, als er hier hereinkam, sogar schon bevor er eintrat, wohin er seinen Fuß setzen würde, er hatte den Ort bereits inspiziert, ihn rundum erforscht, er kannte ihn genau, er wußte, was dort zu finden war. Bestimmt nicht das… das, was ihm dargeboten wurde… So etwas nicht… Das nicht. Auf keinen Fall. Das will er nicht haben.

Das, was jederzeit aus unergründlichen Räumen kommt und sich hier niederläßt, festsetzt, größer wird, schiebt die unendlich dehnbaren Grenzen noch weiter hinaus… man wird nie wissen, wie weit sie sich schieben lassen… das, was sich hier mit ihm zu einem Ganzen verbinden, was ein fester, unzerstörbarer Teil von dem werden sollte, was auch ihn umgibt, und was anscheinend vergrößert, immer weiter hinausgeschoben werden kann, das konnte nicht eindringen … als ob es auf eine andere Substanz stieße … eine seltsame, unbekannte Substanz, in die nur eindringt, was sich anscheinend überall frei bewegt.

Es bleibt am Ort, es füllt den ganzen Raum in der Mitte aus … eine riesengroße glatte, glänzende Kugel, ganz mit dickem Glas überzogen, Spiegelglas oder Metall.

Alles, was von hier ausgeht, wird reflektiert … verzerrt, ungreifbar … in seinen spiegelnden Flächen.

VI

»Haben Sie es gelesen?« Die Worte werden zitternd vor Erregung, Begeisterung hervorsprudeln... mächtig angetrieben von dem, was da steckt, was heraus muß, sich dem zeigen muß, der hierhergekommen ist, vermutlich in Vorfreude auf das, was er finden, was ihm angeboten werden wird... wer wüßte es besser zu würdigen als er?... »Haben Sie es gelesen?...«
Nur noch einen Augenblick, mögen sie noch ein klein wenig in der beschützenden Ruhe, in der Geborgenheit des Schweigens verweilen... Aber warum sie zurückhalten? Haben sie nicht bereits die allergründlichsten, schärfsten Kontrollen über sich ergehen lassen, und es gibt nichts, was diese Wörter daran hinderte, bei dem anderen einzudringen, nichts, was dort, von ihnen getroffen, erwachen würde, sich aufrichtete, sich messen möchte, die Stirn zeigen will... und kläglich zurücksackt, niedergeschmettert... Nichts ist dort drüben, was beim Auftauchen dieser Worte sich anschickte, scheu, verschämt ins Dunkle, in die Nichtexistenz zurückzukriechen... nein, nichts wird geschehen, was so peinlich anzusehen, so erniedrigend wäre... »Haben Sie es gelesen?« kann ohne Gefahr herein... Derjenige, der diese Worte empfangen wird, hat nie auch nur ein einziges Buch geschrieben.

Während das »Haben Sie es gelesen?« hinausstürmt... eine Vorhut... werden andere Worte, die sich noch nicht gebildet haben, unwiderstehlich nach vorn geschoben,

folgen... wie beispielsweise »Ah, was für ein Buch! Ich habe lange nichts Derartiges gelesen...«
Aber Vorsicht... was ist das da hinten, in der Ferne... man kann es kaum erkennen... ist das wirklich... es ist so winzig, steckt so tief drinnen... man könnte meinen, daß unter dem Aufprall von »Haben Sie es gelesen?« etwas ganz sachte in Bewegung gerät... was ist das?... da ist es, eine leichte Berührung, es löst sich... es ist ganz alt, abgegriffen, verschlissen... es wurde früher einmal hier deponiert... »Ich möchte schreiben.« Das hatte er gesagt: »Was ich später einmal machen will, ist schreiben...« doch dann wurde es durch das, was er später unter großen Anstrengungen und sogar mit Leidenschaft machen sollte, überdeckt... es geriet ins Abseits, in Vergessenheit... er wäre selbst überrascht... Aber wäre er das wirklich? Ist in ihm nicht etwas zurückgeblieben... vielleicht hat er deshalb bisweilen den allzu bescheidenen, leicht melancholischen, geradezu nostalgischen Ausdruck... ein Wunsch ist unerfüllt geblieben, und man weiß ja, war es nicht William Blake, der es gespürt und gesagt hat: »In unerfüllten Wünschen steckt die Pest«?
Würde »Haben Sie es gelesen?« nicht etwas bei ihm absondern, das... »Pest« ist zu stark... aber würde man nicht spüren, daß lästige, leicht abstoßende Gerüche von ihm ausgehen... sie würden sich überall ausbreiten, die ganze Luft wäre voll davon... sogar Leute, die keine feine Nase haben, würden es riechen... den Mief, den plötzlich jemand verströmt... ein einziges Mal... und es wäre für immer die Enthüllung, der Beweis dafür, daß es bei ihm eine Mißbildung, ein geheimes Gebrechen gibt... es wäre das unauslöschliche Indiz für eine unreine, schwache, engherzige »Natur«, die insgeheim von niedrigen, beschä-

menden Regungen heimgesucht wird... die wohlbekannt... klassifiziert sind, sie haben Namen: Eifersucht, Neid. Und was im allgemeinen, was unweigerlich damit einhergeht: Boshaftigkeit.
Ist es nicht erstaunlich, mit welcher Strenge jeder bei allen anderen darauf besteht, beständig darüber wacht, daß die Vorschriften einer unerbittlichen Moral peinlich genau beachtet werden?
Wenn »Haben Sie es gelesen?« in seinem Blick, in einer Bewegung seiner Lippen oder auch in gar nichts Sichtbarem... nur gerade ein Zucken in ihm... sei es noch so kurz... sein Kennzeichen wäre, ein untrennbar mit ihm verbundenes Indiz... Es ist besser, auch für ihn, solch ein Risiko nicht einzugehen... Vor allem das »Haben Sie es gelesen?« darf sich nicht zeigen.

Aber hier sind die neugierigen, aufgeregten, ungeduldigen Kobolde, sie schieben die Worte nach vorn... »Haben Sie es gelesen?...« und das leichte Zusammenzucken: wird man es sehen, ja oder nein?
Doch da taucht etwas auf, das diese leichtsinnigen, perversen Spielchen verhindert... »Haben Sie es gelesen?« wird zurückgedrängt, weicht zurück... was statt dessen von diesen Worten dort drüben hervorgerufen wird, sich vor ihnen aufrichtet, ist »Ich will Schriftsteller werden«...
Aber es ist nichts, es ist ganz harmlos, ein Wort aus Kindermund wie »Ich will Papst werden«. »Ich will Konditor werden«... Nein, man darf die Gefahr nicht verkennen, sich nichts vormachen... »Ich will Schriftsteller wer-

den« ... da ist er, man sieht ihn deutlich die Worte aussprechen, und er wirkt dabei durchaus wie ein Erwachsener.

»Ich will Schriftsteller werden« ... nichts anderes ist mehr hier, nichts anderes irgendwo als dieser vollkommen geschlossene, mit starren, glatten Wänden aus düsterem Material umgebene Raum ... an allen Seiten führen eiserne Leitern bis zum höchsten Absatz hinauf, bis nach oben, ganz oben unter der geschlossenen Kuppel, wo die Schriftsteller ihren Platz haben ... Unablässig klettern zitternde Gestalten hinauf, klammern sich an die Stäbe, ziehen sich hoch, fallen wieder herunter ... unten ist ein großes Gewimmel ... ein paar, die von ganz oben herabgestürzt sind, liegen zerschmettert am Boden, andere stehen auf und versuchen es erneut, klettern wieder mit aller Kraft empor, als koste es ihr Leben ... das einzige, das ihnen etwas gilt ...

»Haben Sie es gelesen? Es ist großartig« ... und man sähe eiligst hinaufsteigen und dort oben thronen, auf jenem Platz, den er mit erhobenem Kopf betrachtet hatte, zu dem er um jeden Preis hinauf möchte, einen Schriftsteller. Einen großen Schriftsteller natürlich. Man kann nicht »ein Schriftsteller« sein, ohne »ein großer« zu sein.

Es war ein Alptraum ... im Nu ist alles wie bei einem Alptraum wieder weggewischt ... »Haben Sie es gelesen?« hatte sich nicht gerührt. »Ich will Schriftsteller werden« war rechtzeitig zur Stelle, um zu verhindern, daß es hervortritt.

Aber es hat auch kein »Ich will Schriftsteller werden« gegeben ... es war pure Phantasie, die Folge von allzu großen Bedenken.

Was stattgefunden hatte, vielleicht, aber das hat nichts Erschreckendes, man kann es sich in aller Ruhe anschauen, das war »Ich möchte«... »Ich möchte schreiben«... Das hatte er wohl eher gesagt... Und dann, etwas zur Seite hin, man erkennt es kaum... ein paar vereinzelte Züge... die Heraufbeschwörung einer Person, eines gemeinsamen Freundes, den gerade er aus der Nähe beobachtet hatte, und was ihm da aufgefallen war... er suchte nach Worten, um es einzufangen, um es zu zeigen, und man reichte ihm Worte, alle Worte, die man parat hatte, aber er wollte sie nicht, nein, das waren nicht die richtigen, er brauchte andere... lange gesuchte, zusammengebaute Worte, mit viel Geduld und Bedacht ausgewählt, die vielleicht zutage fördern, sichtbar machen könnten... »Ach, ich möchte schreiben«... gerade, als er sagte... schreiben, nur um zu zeigen, was da ist... das hatte er sagen wollen... »Ach, ich möchte schreiben...« mit leichtem Bedauern in der Stimme, mit leichtem, wenn auch nur kurzem Unmut, er nahm es ohne weiteres hin, daß er weder die Anlagen noch die innere Bereitschaft dafür mitbrächte... nichts ließ darauf schließen, daß er für derlei Bemühungen, etwas einzufangen, viel Zeit und Kraft aufgewandt hätte.

»Haben Sie es gelesen?« und bevor noch andere ungeduldig auf ihre Befreiung wartende Worte folgen, hält etwas in seinem Blick, in seinem Gesicht sie zurück... sein Kopf neigt sich... »O ja, und ob ich es gelesen habe... es sind sogar Abschnitte darin... ich kann sie auswendig... diesen hier, zum Beispiel...« Es kommen Worte, er schiebt sie nach vorn... aber muß er sie schieben? Sie kommen aus eigenem Antrieb, seine Stimme, sein Tonfall helfen nur respektvoll etwas nach... Worte reihen sich aneinander wie zu einer Kette, nichts kann ihn aufhalten, alles hier ist nur noch ein offener Raum, wo diese Kette frei schwingt... plötzlich hält sie an, ringelt sich zu einer kleinen Kuhle... wie ein schützender Hort, ein Nest, in dem sich versteckt, was überall hervorquellen, ausfließen läßt, auch bei ihm... aber es gibt kein »bei ihm« mehr, kein »auch«, es gibt nur noch die kleine Kuhle, aus der eine feine, beruhigende, Sicherheit verbreitende Fröhlichkeit hervorquillt, hervorströmt...

VII

Man muß einen davon zu fassen kriegen, den da, und sie zwingen, ihn anzusehen... »Wenden Sie doch nicht den Kopf ab... haben Sie den Mut zu sehen, was wahr ist... die Wahrheit... keine Angst, es wird nicht viel sein, eine harmlose kleine Wahrheit, keine von den ganz großen, die ›man nicht gerne ausspricht‹, die tödlich sein können... nein, ganz und gar nicht... wo denken Sie hin?... dies hier ist doch kein Räubernest, man wird Ihnen nicht alles wegnehmen, was Sie besitzen, all Ihre Habe, an die Sie gewöhnt sind... diese Perfektion, diesen großen Luxus... nein, nur das hier, eine Kleinigkeit, dieser kleine Fehler neben so vielen hervorragenden Eigenschaften...«
Aber nein, es ist nicht möglich, daran zu rühren... Sie würde suchen... woher kam das? Sie würde näher herangehen, genauer hinsehen... es gibt hier, irgendwo dahinten im Verborgenen, Taschen voll Unrat, eine Deponie... es geht ein Gestank davon aus... Ihre angewidert vorgeschobenen Lippen... Es ist besser für sie, nichts zu sehen, besser, es vorbeigehen zu lassen.

Und da ist sie wieder für einen kurzen Moment, da der Raum hier leer, vakant ist, sie taucht wieder auf, ist stärker präsent als zu der Zeit, als sie in Fleisch und Blut hier war... sie verstärkt noch den Impuls, den Elan zum Angriff auf das, was sie hierhergebracht hat, diese Truppe, die sie begleitet, die ihre Standarten, ihre Waffen trägt... die

Embleme des **G**uten, des **R**einen. Sie läßt ihre Gefährten hier vorbeimarschieren, sie defilieren in ihren prächtigen Uniformen, ihren kugelsicheren Westen aus bestem Material, Güte, Wohlwollen, Nächstenliebe, Bescheidenheit... Wer bin ich, um zu urteilen?

Sie läßt sie einzeln hervortreten und bewundern... Der hier... »Ach nein, der nicht, der ist schon lange hier bekannt... man kann nicht behaupten, daß er gut ist, oder was man großzügig nennt...« Sie zieht die Augenbrauen hoch, macht große Augen... die Hüter des *G*uten, stets auf dem Quivive, stürzen vor, schleppen heraus, was hinter verschlossenen Fensterläden verborgen war und sich gerade zum Angriff rüstete... Das war es also... es war die Engherzigkeit, die Niedertracht, die Böswilligkeit, es war das **B**öse.

Geschlossene Fensterläden? Das wäre zu schön. Sie wurden nicht geschlossen, o nein, hier nicht, das hätte Verdacht wecken können. Im Gegenteil, man mußte sich ans Fenster stellen, auf den Balkon hinaustreten, grüßen... »Ja, wie gut, daß er großzügig, großherzig ist, und da und da überall um Sie herum, ist nichts Unreines, nichts Böses, nichts, was nicht ein Inbegriff des *G*uten wäre.«

Es wurde zu lange gefangengehalten, hinter Schloß und Riegel, und jetzt klopft es laut, es muß unbedingt heraus... Sie wird stehenbleiben, schauen... »Keine Angst, es ist nicht das, was Sie glauben, nennen Sie es nicht das ›*B*öse‹... Sie haben das **B**öse verbreitet, freilich ohne es zu wissen, aber es wird in Ordnung kommen, Sie werden

sehen, es wird ersetzt werden durch das, was sich Gerechtigkeit, Wahrheit nennt, durch schöne, anständige Namen... in Wahrheit ist er gar nicht so großzügig, in Wahrheit hat er es abgelehnt, jemandem eine kleine Summe zu leihen, der sie dringend brauchte...« Ihre Nasenflügel flattern, als ob sie etwas Widerliches witterte, ihre klaren, regungslosen Augen blicken ausdrucksleer... alles in ihr schließt sich, die Worte werden nicht eindringen können...
Aber es ist gar nichts herausgekommen, kein Wort hat sie getroffen... Sie mag ihn hier defilieren lassen, soviel sie will, sie kann wiederkommen, wann immer es ihr gut und richtig erscheint... Und es muß ihr richtig erscheinen... sie kommt wieder...

Es war nicht möglich, es zurückzuhalten, es ist herausgespritzt, ein dünner Strahl, ein leichter Pfeifton... »Es stimmt nicht ganz, das kann man von ihm nicht sagen, er ist gar nicht so großzügig... kommen Sie, sehen Sie sich genau an, was hier herauskam, es sind keine leicht dahergesagten Worte... Er ist genau das Gegenteil von dem, was man ›großzügig‹ nennen kann, er, der so reich ist, hat es abgelehnt, eine kleine Summe auszuleihen... Er fummelt endlos in seiner Tasche nach den Münzen, er hat Angst, zuviel zu geben, die unablässig ausgestreckte Hand des Bettlers stört ihn nicht«... Sofort kommen sie angelaufen, inspizieren, wühlen, öffnen jede Schublade, sie lassen nichts durchgehen, und sie schleppen herbei... das haben wir gefunden, ein paar schöne Pröbchen... hier ein paar Aufzeichnungen, einige Kontoauszüge, die heimlich entwendet und hier aufbewahrt wurden... unlautere

Einschätzungen seiner Einkünfte... die Münzen, die sie tief unten aus seiner Tasche herausgeholt haben... Ach, die wenden niemals den Blick ab, im Gegenteil, es zieht sie an, sie dringen nur zu gerne tiefer ein, weiden sich daran, dort finden sie ihre beste Nahrung, nur da fühlen sie sich richtig leben, in den trüben Gewässern, in dem Sumpf, dem Schlamm...

Aber nichts hat gepfiffen, nichts ist hier herausgespritzt, hat in sie eindringen können, nicht das kleinste Stückchen Unrat, es gibt bei ihr keine Windung, keine rauhe Stelle, wo es hätte hängenbleiben können, kein dunkles Fleckchen, wo sich etwas Dreck hätte ablagern und festsetzen können... alles bei ihr ist glatt und sauber... und auch hier ist alles genau so spiegelglatt und blitzblank wie sie... nicht die kleinste Spur hier von etwas Schmutzigem, Verdächtigem...

Ihre Anwesenheit hier hat alles ausgelöscht... sie hat gleich bei ihrem Eintritt alles ausgeräumt, den ganzen Platz für sich belegt... Ausgeräumt? nicht einmal... alles ist verschwunden, als ob nie etwas hier gewesen wäre, bevor sie kam... Kein Umzug, keine Ausweisungen... was sich womöglich hier befand, ist wie von selbst verschwunden... es ist so weit weg, daß man manchmal, nachdem sie von hier fort ist, eine gewisse Zeit braucht, damit das, was hier war, zurückkommt... Es passiert wohl auch... wie kann man es wissen?... daß es nie zurückkommt.

Ja, aber nach ihrem Fortgehen ist etwas hiergeblieben, was sie zurückgelassen hat, das ihr gehört, ihr eigen ist... und während ihrer Abwesenheit hat es durch die Verhältnisse, durch das Klima hier, Schaden erlitten, seinen Glanz verloren, seine strahlend schönen Farben...
Dieses Mal muß man es ihr, sobald sie wiederkommt, unbedingt zurückgeben, damit sie es mitnimmt, selbst so, wie es ist, wie es hier geworden ist... »Wissen Sie, die Personen, deren Vorzüge Sie so gepriesen haben...« sie scheint nicht zu begreifen... »Erinnern Sie sich nicht?« – »Nein... von wem reden Sie?«... Sie wirkt erstaunt, schockiert... »Nun ja, von denen, über die wir das letzte Mal gesprochen haben... es ist eben so, ich wagte nicht, es Ihnen zu sagen... aber später, als ich wieder daran dachte... ich muß Ihnen gestehen, Sie sollten wissen...« Sie weicht zurück, sie wird um Hilfe rufen... wohin ist sie geraten? in welches Irrenhaus?... Was soll auf einmal diese Aggression, das Gestikulieren, die ganze Aufregung... wegen wem? wegen was?... »Ach so, Sie haben vergessen... Sie wissen doch... Sie haben lange darüber gesprochen... Nein, Sie wissen nicht... Nun ja, all diese Leute...« – »Was für Leute? Warum auf einmal? Wie kommen Sie jetzt darauf?«... – »Ja, es ist lächerlich, ich werde es nicht los... es hat mich verfolgt... ich muß unbedingt... Sie in Ihrer Reinheit, Ihrer unendlichen Güte... nein, keine Angst, niemand wird etwas Böses sagen, etwas, das Ihre Ohren nicht hören dürften... all die Leute, von denen wir gesprochen haben... verzeihen Sie, daß ich darauf zurückkomme, ich wollte nur sagen, daß sie nicht... nein... nur soviel... Sie gestatten... sie sind nie... sie können nicht sein... kurzum, sie sind... wie alle andern, wie Sie und ich... nur ein wenig... ja, nur soviel,

und dann kein Wort mehr davon, wenn Sie nicht wollen… sie sind… das gestatten Sie doch, das ist nichts Böses, nicht böse gemeint… es ist vielleicht, wenn man will, sogar etwas Gutes… sie sind komplizierter als das.«

VIII

Man hätte früher reagieren müssen, als es noch möglich war, als man noch »das Thema wechseln« konnte... Es war noch nicht lange her, daß sie ihn »aufs Tapet gebracht« hatte, und seine Gegenwart verbreitete noch, was so viele gute und seltene Eigenschaften und ihre gerechte Belohnung verbreiten... ein Wohlgefühl, eine Beruhigung, ja, letzten Endes Vertrauen zum Leben...
Aber nein, selbst in jenem Augenblick war es nicht möglich, nachdem man es genossen und ihn gebührend gewürdigt hatte, ihn höflich hinauszugeleiten... War da nicht schon, kaum daß sie ihn hereingeführt hatte, etwas, was verhinderte, ihn anzurühren, ihn wie von selbst behutsam zum Ausgang zu schieben und statt dessen hereinzulassen, was... nein, nichts konnte an seine Stelle treten, kein großes Ereignis, kein Umsturz, keine drohende Gefahr, kein Krieg, keine Revolution... nichts war da draußen, was man nicht in der Ferne vorüberziehen lassen mußte, so unglaublich rasch hatte sie es aufgeblasen, hier alles besetzen, zu jener riesigen Masse werden lassen, die überall drängt, drückt, einen erstarren läßt, jede Bewegung verhindert...
Eine Masse, die immer größer wird, die Worte, die sie darauf klebt, decken sie völlig zu... »was für ein ungewöhnlicher Erfolg«... »soviel Charakterstärke«... »soviel Ausdauer«... Sie beobachtet es fasziniert, sie hat keine Zeit, sie denkt offensichtlich nicht mal daran, auf etwas zu achten, was hier vorgehen könnte, sie ist allein darauf be-

dacht, etwas herauszustellen, so wie sie es auch andernorts täte, ganz gleich wo, was verdient, sich überall durchzusetzen, dem, wie sie sich aufrichtig verpflichtet glaubt, Gerechtigkeit zu verschaffen... »dieser Mut«, »diese Intelligenz«, die Worte überschlagen sich, gleichsam magnetisch angezogen... »er hat seine Chance zu nutzen gewußt«... »er hat eine kluge, glückliche Wahl getroffen mit seinen Gefährten, seiner Gefährtin: eine große Liebe«... der Enthusiasmus, der sie erfüllt, quillt über in ihre Stimme, in ihren Tonfall, treibt mit Gewalt ihre Worte hervor, klebt sie fest an... Er richtet sich auf... eine Statue... aber er hat nicht die Starrheit eines Steins, eines Marmorblocks... was unter den Wörtern entsteht, ist schmiegsam, dehnbar, streckt sich immer weiter aus, der Druck wird größer... unter der mächtigen, unwiderstehlichen Schubkraft werden die Wände ringsum rissig, und dahinter macht sich etwas bemerkbar... etwas Unbekanntes, was nie zuvor hier in Erscheinung getreten ist... es erhebt sich mühsam... Die Worte »sicherer Freundeskreis«... »tadelloses Einvernehmen«... »gewaltige Arbeitskraft«... »immenses Talent«... finden, erfassen, schütteln unerbittlich, unablässig, zwingen zum Aufstehen... Und da erheben sich mühsam jene, die sich schon so lange nicht mehr gerührt haben, sie sind ganz steif, sie schleppen sich dahin, stellen sich in Reih und Glied... Das »Ah!«, das sie ausstoßen, zeigt deutlich, daß sie da sind... Schattengestalten, Todeskandidaten... »Ah!« wie ein Ausatmen, ein Hauch ist ihre Antwort, als sie namentlich aufgerufen werden... »Ah!« und sogleich findet sie auf ihrer Liste den Namen... Neid... sie notiert: Zur Stelle ... »Ach ja?«... Frustration: Zur Stelle ... »Ach ja?«... Demütigung: Zur Stelle ... »Ach!... Verpfuschtes Leben: Zur Stelle. »Ach!« ... Pech: Zur Stelle ... »Ach?« ... Niete/ohne Talent: Zur Stelle ... Das Unglück, niemals eine derartige Liebe erlebt zu haben ... Na? Nicht zur Stelle? Wie ist das möglich? »Fabelhafte Kinder, alle gut gelungen«, na, da endlich, natürlich war es da, sie erkennt es, ein schwacher Seufzer genügt ihr ... Ah ... Ungerechtigkeit. Bitterkeit: Zur Stelle. Sie hakt beides auf ihrer Liste ab. Nicht ein einziger fehlt beim Appell ...

Beim Appell? Ja, beim Appell, sie wurden aufgerufen. Von ihr. Ihre Worte brachten sie auf die Beine ... ein Trompetenstoß, so laut und so lang wie nötig ... Sie schliefen alle, sie hatten es anfangs nicht richtig gehört, waren noch in ihren Träumen, sahen Bilder aus einer wohltuenden, beruhigenden Welt ... aber sehr bald ... es war so eindringlich, wurde immer schriller ... sind sie vollends erwacht, sind aufgestanden ... haben geantwortet, denn sie wußte ja, daß sie diese da zur Antwort zwingen würde ... Sie waren da, das wußte sie, sie war gekommen, um diese da zu wecken, darum war sie gekommen, um sie zum Aufstehen zu zwingen ...

Aber vielleicht hatte sie vorher nicht daran gedacht ... sie hat zuerst hierhergebracht, was Wohlbefinden verbreiten sollte ... und dann, ohne daß sie es wollte, nur weil sie fühlte, daß die Worte, die sie in aller Unschuld, von ihrer Bewunderung, ihrer Begeisterung mitgerissen, gewählt hat, hier langsam wachrüttelten ... was war das? Sie hat sich umgesehen, gesucht ... es war da, es versuchte, sich zu verstecken ... sie hat nicht lockergelassen ... damit man es endlich sieht, damit es zum Vorschein kommt ...

Nein, hier war nichts, bevor sie hereinkam, nichts, was schlummerte ... das ist nicht wahr ... diese Elenden, diese potentiellen Mörder, diese Mißratenen, diese jämmerlichen Knirpse existierten hier nicht ... Kein anderer hatte es je versucht, hatte es je geschafft ... Aber sie hat es fertiggebracht, es hier auszusäen und es hier wachsen zu lassen ...

Ja, wachsen, weil es der richtige Nährboden war ... Woanders hätte sie darauf verzichten müssen ...

Nein, im Gegenteil, woanders hätte sie nicht einmal Lust gehabt, es zu versuchen, es wäre zu einfach gewesen ... was sie gereizt hat, das war eben, es hier wachsen zu sehen ... sich zu vergewissern, daß auch hier, sogar hier ... es ist reizvoll zu sehen, wie diese Reinen, Unschuldigen, diese ewigen Kinder, diese einsamen Mönche, in ihre Meditationen, ihre Anbetung vertieft ... wie sie widerstehen ... wie die Worte, die sie ihnen zuwirft, fallen, sich in ihrem Schweigen auflösen ... aber sie darf sich nicht entmutigen lassen, ihr Widerstand wird nicht lange dauern, es ist in ihnen wie in jedem anderen, wie das Atmen, wie das kreisende Blut ... sieh da, irgend etwas löst sich ... man brauchte nur ein wenig nachzuhelfen ... ein »Ah!« und noch ein »Ah!« und dann »Ah ja!« und dann »Ach so!« ... Jetzt hat sie sie fest im Griff, sie können nicht mehr entwischen, ausgeschlossen, irgendwo Schutz zu suchen, dahin zurückzukehren, woher sie kamen ...

Sie haben sich ergeben, das ist gut ... Aber es darf in ihnen nicht mehr der geringste Wunsch zum Widerstand sein ... Es gibt ein Training, mit dem sie es schaffen, so weit zu kommen, ein paar zusätzliche Übungen ...

Es ist etwas schwierig, anfangs schmerzhaft, man ist nicht

daran gewöhnt, machen Sie nicht so ein verächtliches Gesicht, es stimmt, daß es nicht gerade das ist, was man als »sehr vornehm« bezeichnen kann, es ist ziemlich »ordinär«... aber sehen Sie, Sie schaffen es schon... Sie müssen den Kopf heben und hinschauen... es erscheint Ihnen etwas demütigend? etwas entwürdigend?... ach was, Sie werden sich daran gewöhnen... So ist es richtig, sehr gut, noch höher, noch höher, voller Bewunderung, voller Nostalgie beim Anblick all der ausgebreiteten »Güter dieser Welt«, all dieser Reichtümer, Schlösser, Titel, Spitzenpositionen, glänzenden Verbindungen, Empfänge... und nun nur noch das, gerade noch eine kleine Geschmeidigkeitsübung: die Tischordnung... Sie haben nie daran gedacht, haben es längst aufgegeben... seit jeher... waren das nicht saure Trauben?... und nun noch diese kleine Anstrengung... sehen Sie, wo man Sie plazieren würde... Oh, das tut weh, nicht wahr? Sie können nicht mehr... Nun denn, schon gut, ich werde mich verabschieden... Ich gehe wieder... Ich habe Ihre Zeit schon viel zu lange in Anspruch genommen... Ich wollte nur kurz hereinschauen... Es ist immer ein großes Vergnügen, Sie zu sehen...

IX

Noch nie hatte dieser Name hier so nachhaltig gewirkt... ein Name, der kein Kapitel in einem Geschichtsbuch, kein Bild eines alten Dorfes am Fuße eines alten Schlosses, einer Kirche mit Liegefiguren, Grabplatten, Legendendarstellungen in sehr alten Kirchenfenstern wachgerufen hätte... Ein Name, der nur diese eine Besonderheit hatte: Es stand ein Partikel in einem gewissen Abstand vor seiner bezaubernd eleganten Form... Es schien nie von Interesse gewesen zu sein, niemand schien es zu beachten, nicht einmal dem Träger des Namens war es offenbar je bewußt gewesen... Und da hatte dieser Name, der nach einigen anderen beim Vorstellungszeremoniell fiel, bei dem einen da, kaum daß er bei ihm eingedrungen war, diese Regung ausgelöst... von außen kaum wahrnehmbar... aber jeder hatte sie bemerkt, ohne sagen zu können, wie, woran er sie erkannt hatte... Ein ganz kurzer, kaum faßbarer Moment... als ob ein Lufthauch, ein leichter Windstoß von dem Namen ausgegangen wäre und in ihm etwas zum Verneigen gebracht hätte, zum Verbeugen als Zeichen der Zustimmung, der Unterordnung, der Gefolgschaftstreue... und sich dann wieder aufrichtete mit bescheidener Würde, mit dankbarem, fröhlichem Stolz...
Und sogleich bemerkte man bei dem, den man mit diesem Namen bezeichnet hatte, diese überraschende Veränderung... Das, was aus ihm hervorgegangen war ohne sein Wissen, war wie ein Bumerang zu ihm zurückgekehrt... ein Luftstrom war auf ihn niedergegangen, etwas war ab-

geprallt und hatte ihn rückspringend getroffen, sein Bild war wie von einem Spiegel auf ihn zurückgeworfen worden...

Er hatte etwas in sich, was nichts und niemand ändern kann, was weder durch Verdienst zu erwerben oder durch mangelnde Verdienste zu verlieren ist... das, was ihn von denen, die hier waren, unterschied... er konnte nichts dafür, sie ebensowenig, es war nun mal so, er fühlte es jetzt in »allen Fasern seines Seins«, er wußte, was es war: Das Blut, das in seinen Adern floß, war »blaues Blut«.

Von nun an verändert das, was von ihm ausgeht, was sich überall um ihn her ausbreitet... die Luft, die ihn umgibt, ist voll davon... jede Handlung, jede Geste, jedes Wort von denen, die hier mit ihm eingeschlossen sind, ebenso wie sich die Bewegungen jedes Menschen verändern, der, aus der Erdatmosphäre herausgeschleudert, in der abgeschlossenen Atmosphäre eines Raumfahrzeugs lebt.

Seht einmal, die da, hört nur, was sie sich erzählen... sie plaudern mit größter Natürlichkeit weiter von diesem und jenem, genauso wie sie es vorher taten, als ob nichts geschehen wäre... und doch merkt man, daß sich etwas in ihnen verändert hat... man entdeckt jetzt an ihnen eine Eigenschaft, die man nicht an ihnen kannte, eine Besonderheit... sie besitzen eine Art natürliche Immunität, wie manche Arbeiter sie glücklicherweise haben, so daß sie in Werkstätten arbeiten können, ohne unter den Ausdünstungen zu leiden, die sich bei der Herstellung gewisser Produkte bilden... sie bleiben von dem, was das »blaue Blut« jetzt hier bewirkt, völlig unberührt.

Aber da ist einer, der offensichtlich diese Immunität nicht besitzt... er hat sich infiziert... es sieht aus, als geriete er ganz leicht in Erregung... auch er muß in »allen Fasern seines Seins« spüren, muß mit größerer Deutlichkeit, größerer Intensität die Farbe seines eigenen Bluts wahrnehmen... Es ist kein »blaues Blut«, das ist wahr, aber es ist ein Blut, dessen Farbe, wie man weiß, am besten mit der des »blauen Bluts« harmoniert... eine schöne reine, tiefe Farbe... eine Augenweide... er muß die Farbe unbedingt zeigen... aber wie... es ist nicht der richtige Moment... wie soll er die Worte, die sie zum Vorschein bringen sollen, in den Strom hineinleiten, er läßt sich nicht unterbrechen... aber die Worte, die in ihm durch die hier entstandenen Wellen des blauen Bluts in Wallung geraten, die richten sich auf, steigen empor, drängen nach draußen, sie werden hinausströmen... nein, nur noch einen kurzen Moment, erst muß man finden... ah, da ist ein Punkt, wo sie einhaken, sich festhalten können... »Was das betrifft, ich kann nichts dafür, so denke ich nun mal... nüchtern, immer mit beiden Füßen fest auf der Erde... der schlichte gesunde Menschenverstand...« Jetzt, da die Worte herauskommen, werden sie sich dort einen Moment festklammern können, gerade lange genug, bis... »Ach wissen Sie, bei mir findet man, soweit man meine Familie zurückverfolgen kann, auf beiden Seiten nur bäuerliches Blut.«

Aber was ist denn mit dem da? In dem Bereich der Turbulenzen, in den wir geraten sind, scheint diesem am unwohlsten zu sein... seine Stimme verändert sich, er spricht mit einem merkwürdigen, altertümelnden Akzent, wo hat er den nur her? Man nannte ihn früher den Tonfall der »Gosse«... Hat er denn nicht selbst gesehen, was er vorher nicht bemerkt hatte? Hat er sich nicht plötzlich wie auf einem anatomischen Bild gesehen, wo deutlich in seinen Arterien und Venen Blut von unreiner, schmutziger, abstoßender Farbe zu erkennen ist, ein Blut, das wie eine Anklage auf ihm lasten muß... ja, er wird nicht verschont bleiben, ein schreckliches Urteil wird ihn treffen... nun denn, dann sofort, mit aller Kraft, er hat keine Angst, schnell, warum warten, zögern... seine Stimme wird immer schriller, seine Worte ziehen sich in die Länge, die Silben schleppen, suhlen, winden sich, etwas ist jetzt in seinem Tonfall... Ja freilich, das ist es... hören Sie mich? Ich bin so, genau wie Sie dachten, und noch mehr... erkennen Sie es? Es ist das Blut, das in mir zirkuliert, Sie wissen ja, das mich so macht, Sie sehen es ganz deutlich, ich verberge es nicht, im Gegenteil, es ist in mir, es gibt kein Entrinnen, was ich auch tue... und ich tue, was ich kann, um nicht abzuschwächen, nicht abzuwenden, was immer und überall jedem droht, dessen Blut diese Farbe hat, Sie sehen es ja, alle meinesgleichen trifft diese furchtbare Sanktion wie ein Schlag... Sie haben sie gewiß schon einmal gegen mich angewandt, es war mir nur nicht bewußt geworden, aber jetzt werden Sie zuschlagen, ganz bestimmt, ich werde Sie sogar dazu zwingen... ja, nur zu, noch lauter, hören Sie mich?... Es hat einen wohlbekannten Namen, niemand kann das ganze Ausmaß, die Vielfalt, die Feinheiten, die zahllosen Ausdrucksformen beschreiben, die dieses eine Wort in sich vereint, das Wort, das Sie jetzt, Sie können ja nichts dafür, wegen dieses einen Elements, das allerdings schwerwiegend ist, das müssen Sie zugeben, was könnte so offensichtlich, so überzeugend sein? auf mich anwenden müssen, guten Gewissens, wie es sich gehört, wie es früher oder später auf jeden anderen meinesgleichen angewandt würde, in dem dieses Blut zirkuliert... diese Sanktion trägt den Namen »Vulgarität«...

Vulgarität, genau das, nichts ist ihr mehr zuwider, nichts ist für sie so schwer zu ertragen... Zum Glück ist es nicht möglich, es je auf sie anzuwenden... man kann nicht behaupten, daß ihr Blut eine besonders schöne Farbe hätte, aber sie schaut es nicht an, und wer tut das schon? Was macht es denn, wenn nichts an ihr es enthüllt, wenn man, im Gegenteil, bei ihr sieht, was man sehen würde, wenn das Blut, das in ihr zirkuliert, eine bezaubernde blaue Tönung hätte.
Vielleicht sind es die Wellen, die der »Blaublütige« um sich verbreitet, daß sich ihr kleiner Finger noch mehr als gewöhnlich krümmt, noch höher hebt, sich noch mehr von den anderen Fingern ihrer rechten Hand abspreizt, die vorsichtig den Henkel der Teetasse halten, während ihre Lippen sich vorschieben, um behutsam ein Schlückchen daraus zu trinken... daß die Modulation ihrer Stimme und was graziös und charmant in ihrem leichten Akzent mitschwingt, einem ganz leichten, entzückenden englischen Akzent, deutlicher durchklingen in den »gewählten« Worten, die sie gebraucht, schließlich in ihrer ganzen Haltung, ihrer Erscheinung... sie tut es nicht absichtlich, sie braucht sich gar nicht anzustrengen... es ist die Sensibilität, die sie zu ihrem Glück besitzt, ihre feine Art, die sie so täuschend ähnlich macht... sie ebenso »distinguiert« erscheinen läßt, wie sie es wäre, wenn auch ihr Blut solch eine hübsche blaue Farbe hätte.

Was ihn betrifft, so ist es nicht zu glauben, und man glaubt es auch tatsächlich nicht, es ist so erstaunlich, man kann es sich bei ihm nur durch einen Sehfehler erklären, eine Art Farbenblindheit, die ihm offenbar nicht einmal bewußt ist, denn sein Blut, das für alle mit normalem Sehvermögen häßlich, trübe, unerquicklich aussieht, erscheint ihm in einer noch schöneren, intensiveren, reineren Farbe als das allerschönste blaue Blut... Er sieht es bestimmt schon seit jeher in dieser Farbe, er kann sich nicht erinnern, daß es anders war, wie könnte er auch, ist man nicht farbenblind von Geburt an?
Wahrscheinlich ist es dieses Bild, das er in sich trägt, von der bezaubernden Farbe seines Bluts, das ihm diese Würde, diese ruhige Sicherheit, diesen Stolz verleiht... vielleicht kommt eben von diesem Stolz seine lockere, lässige Art... man könnte sogar eine Spur von Herablassung darin entdecken... schließlich ist in seiner ganzen Person, in seinem Blick, in all seinen Gesichtszügen etwas, das man gewöhnlich als »edel«, »aristokratisch« bezeichnet.
Vielleicht denkt er, daß alle, die ihn sehen und kennen, diese Worte unwillkürlich auch auf sein Blut anwenden, daß sie sein Blut sehen, wie er selbst es sieht, von einer zumindest ebenso »edlen« Farbe wie das schönste blaue Blut?
Wenn er wüßte, wie sehr er sich irrt! ... Spürt er denn nicht, daß wir abgehoben haben und daß hier, in diesem Raumschiff, in dem wir eingeschlossen sind, andere Gesetze herrschen?!
Hier kann kein äußeres Zeichen, auch wenn man alle Eigenschaften in ihm anerkennt, die mit den Worten »edel« oder »aristokratisch« verbunden sind, bewirken, daß diese Wörter auch auf anderes als auf »blaues Blut«

angewandt werden. Nichts kann hier jemals auch nur für einen Moment die Farbe des Bluts vergessen machen.
In dieser neuen Atmosphäre zirkulieren Wörter, schweben im Raum, können sich jederzeit niederlassen ... Wörter wie »aristokratisch« ... wie »Vulgarität« ... es ist, als ob Strömungen sie zu gewissen Punkten tragen, sie von anderen fernhalten nach irgendwelchen sonderbaren, hier bislang unbekannten Gesetzen ... Man kann feststellen, wenn man sie aufmerksam genug betrachtet: das, was sie regelmäßig anzieht oder, im Gegenteil, fernhält, ist die Präsenz des blauen Bluts.
Was immer es sein mag, was sogleich das Wort »Vulgarität« herbeiriefe und so bezeichnet würde, das blaue Blut verhindert, daß es haften bleibt, ja auch nur näher herankommt ... im Gegenteil, das Wort »aristokratisch« begibt sich dahin und bedeckt es ganz ... und so auch jeden Akzent, jede Geste, das Benehmen, die Tischmanieren, die Art sich zu kleiden, die Gesichtszüge, die Form der Nase und der Nasenflügel, der Lippen, der Ohren, der Finger ... kurzum, man könnte gar nicht alles aufzählen, worauf das blaue Blut das Wort »aristokratisch« bezieht und worauf sich bei fehlendem blauen Blut sofort das Wort »Vulgarität« stürzt.
Das Fehlen dieses blauen Bluts, das einen so wirksamen Schutz gewährt, und das Vorhandensein von Blut von unerfreulicher Farbe hat für das Wort »Vulgarität« eine wahrlich ungeheure Anziehungskraft ... es genügt, daß in einem Mund-, einem Augenwinkel, in einer Handbewegung, in der Form eines Augenlids ... irgend etwas auftaucht ... es ist undefinierbar ... aber solange nichts Besseres da ist, stürzt sich das stets wachsame, auf der Lauer liegende Wort »Vulgarität« darauf und bleibt daran haften.

All das, diese ganze überraschende Störung, weil auf einmal in einem Blick ... es war kaum ein Blick ... dieses Zeichen der Dankbarkeit, Ergebenheit, Gefolgschaftstreue auftauchte, das in dem anderen, dem es gar nicht mehr bewußt war, etwas zum Vorschein brachte und aus ihm hervorquellen, sich überall hier wellenartig ausbreiten ließ, sobald es sich zeigt – die Farbe des Bluts.

X

»Lieben Sie schöne Reisen?« ... Schon zieht sich hier alles zusammen. Es entsteht ein beschränkter Raum mit Stellwänden ringsum, wo auf Bögen von weißem Glanzpapier Farbfotos etwas hervorzaubern ... was? was ist es? ...
»Lieben Sie schöne Reisen?« ... Ein »Ja« kommt hervor ... ein gleichfalls glattes, glänzendes »Ja«, ein »Ja« wie ein dickes bunt bemaltes Ei kommt angerollt, bleibt liegen ... »Ja.«

Mußte das nicht genügen, damit ein anderes Mal, bevor noch etwas Ähnliches wie »Lieben Sie schöne Reisen?« ertönt, hier alle Vorsichtsmaßnahmen getroffen werden ... Doch hier lassen kleine Vorkommnisse dieser Art nur zweifeln an dem guten Zustand, der guten Beschaffenheit dieses Ortes, wo schon eine Kleinigkeit wie ... »Lieben Sie schöne Reisen?« ... solch große Veränderungen hervorrufen, soviel Mißtrauen, soviel Vorsicht rechtfertigen kann.
»Lieben Sie schöne Reisen?« ... Schnappen Sie sich irgend jemanden, fragen Sie irgend jemanden, der »normal veranlagt« ist, den man frei herumlaufen läßt: »Was regt sich in Ihnen, was würden Sie dabei empfinden, offen und ehrlich, wenn jemand Sie fragte: ›Lieben Sie schöne Reisen?‹«
»... Aber niemand wird hier je das Risiko eingehen, ein Zucken in seinen Augen zu zeigen, einen Schatten von Besorgnis auf seinem Gesicht durchscheinen zu lassen,

bevor die Worte kommen«... »Tja, das ist doch eine Frage, die oft gestellt wird. Eine ganz banale, normale... Was ist damit?«

Da muß man schnell das »Was würden *Sie* dabei empfinden?« zurücknehmen, wieder hereinholen und statt dessen vorschicken »Aber ja, Sie haben recht, es berührt mich auch in keinster Weise, ich weiß nicht, warum ich Sie danach gefragt habe«..., das »Was würden Sie dabei empfinden?« dreifach unter Verschluß halten, bevor sie hier nachforschen, fragen, von woher die sonderbaren Geräusche kamen, das gleichsam erstickte Klagen, Gestöhn?... Warum haben Sie gerufen? Was ist los? Was ist denn geschehen?

Nein, nein, es war nichts, niemand hat gerufen... es war falscher Alarm... Auch hier hat das »Lieben Sie schöne Reisen?« absolut nichts aufgestört, nicht die geringste Wirkung gehabt... Auch hier ist das »Lieben Sie schöne Reisen?« glatt durchgeschlüpft.

Das »Lieben Sie schöne Reisen?« und alles, was es hier ausgelöst hat, was es nirgendwo anders ausgelöst hätte als hier, war somit ausgelöscht, vergessen... niemand dachte weiter darüber nach... und jetzt angesichts eines von denen, die... warum nicht? was ist dabei?... die diese überall banale Frage, doch, doch, auch hier, was denken Sie nur?... die diese harmlose Frage stellen, stellen könnten: »Lieben Sie schöne Reisen?«... kommt ohne Zögern, ganz ungezwungen heraus, so wie es in dem günstigsten Klima, dem gleichen wie hier, herausgekommen wäre und sich entfaltet hätte... »was für eine Geste er machte... dazu das Gesicht, immer verschlossen, die Brauen gerunzelt… die Hand, die sich fast gegen seinen Willen ausstreckte, flüchtig meine Wange berührte, mich ins Ohr kniff, mir auf die Schulter klopfte, und nichts rührte mich so sehr wie diese Bewegung, als ob sie ein Zuviel an Zärtlichkeit, an Zustimmung zurückhielte, vorm Überquellen bewahrte… Und die Hand, die tief in die Tasche griff, Bonbons hervorholte, Münzen, und sie verstohlen in meine Kinderhand gleiten ließ.«

»Wo kommt er her? Wer ist das? Von wo habt ihr ihn mitgebracht?« – »Wissen Sie das nicht mehr?« – »Nein, er ist nicht von hier…« – »Wieso, nicht von hier? Das waren doch Ihre Angaben…« – »Angaben…?« – »Freilich, Sie haben uns seine Merkmale angegeben… es ist das beste Roboterporträt, jeder erkennt ihn sofort: den gutmütigen Brummbären. Das sieht doch jeder… das ist er ganz eindeutig, sagen Sie nicht, daß Sie bei seiner Beschreibung…« – »Ich habe ihn nie beschrieben… Wie sollte ich? Er läßt sich nicht beschreiben…« – »Aber diese Geste, diese Hand, die in die Wange kneift, am Ohrläppchen zieht… ganz genauso, wie es übrigens Napoleon machte… sieh da, an den hatten wir gar nicht gedacht… und diese verschämte Großzügigkeit… die so liebevoll, so ergreifend ist… es gab noch andere Charakterzüge… nun, er ist es jedenfalls, wir bringen ihn zurück, so wie Sie ihn uns angegeben hatten… Den gutmütigen Brummbären… Sie können es nicht leugnen, Sie haben ihn genau getroffen, er ist es, einfach perfekt…«

Da gehen sie nun, spazieren vorbei… Sehen Sie genau hin, Sie kennen sie gut, sie kommen aus Ihrer Welt, sie sind bei Ihnen zu Hause... hier die gezähmte Widerspenstige. Das ideale Paar. Das große Genie. Die Femme fatale. Der romantische Dichter. Die schönen Reiter auf den entzückenden englischen Gravüren in Kostümen des vorigen Jahrhunderts, tadellos im Sattel auf ihren Rassepferden... Aber es muß ein Versehen sein, so etwas hat es hier nie gegeben... es kommt von anderswo her, es kommt aus Ihrer Welt... Es schien nie möglich, von dieser Linie, dieser Geste, einem Ausdruck unter vielen, der plötzlich aufgetaucht, ganz kurz zu sehen war... daß Sie damit... Aber ach, warum sich beklagen, sich entrüsten, nachdem man diese winzigen lebendigen Teilchen ausgeliefert hat, ohne sich vorher zu fragen, an wen...

Es hätte einer gewissen Zurückhaltung, einer Haltung bedurft, nur kein Sichgehenlassen... doch der Zauber, die Faszination, die davon ausgingen, drängten unerbittlich, wollten mit Gewalt... wie um einen Widerstand zu brechen, um jeden Preis durchzusetzen, zu erzwingen... Impressionen sammeln, Präzisionen anhäufen, wie vom Taumel gepackt vorstoßen, keine Gefahr mehr kennen, beachten, und sich platt auf das legen, was sich unweigerlich dort aufrichten mußte... Der gutmütige Brummbär. Die Femme fatale. Der romantische Dichter. Die Reiter auf englischen Gravüren.

Ja, daher kam es, man muß gerecht sein, daher kam ihr Widerstand, ihre Ablehnung... sie wollten nichts wissen von all dem Zauber, all dem Charme, sie wollten nicht, daß dadurch etwas von jener unlauteren, unsauberen Bewunderung aus ihnen hervorsickerte, bei der man spürt, daß sich darunter zaghaft etwas regt wie Eifersucht, Neid,

Groll... also haben sie etwas konstruiert und hierhergebracht... »Wurst wider Wurst«, wie man sagt... sehen Sie nur, wer hier bei Ihnen ein und aus geht, wen wir dort angetroffen haben... Den gutmütigen Brummbären. Die Femme fatale. Den romantischen Dichter.

Wie wenn man nach einem Schock, einem Unfall wieder zu sich kommt und sieht, wie sie sich teilnahmsvoll, mitfühlend vorbeugen... Sie wundern sich? Erkennen Sie sie nicht wieder? War es nicht das, was Sie wollten? Wir haben Ihnen nur gehorcht, wir sind hingerissen, dienstbeflissen, wir sind wie betäubt, wie könnte es anders sein? Hier sind sie, wir bringen sie Ihnen so zurück, wie Sie es erwartet haben... So ist es nun mal, wir konnten nicht anders... Es ist nicht das, was Ihnen so teuer war, aber was tun? jeder so gut und so viel er kann, stimmt's?... Sie wollen es nicht haben? Sie müssen es aber annehmen... es ist nichts für Leute von gutem Geschmack, für Feinsinnige, das ist wahr, aber wir... das hätten Sie wissen müssen... wir geben Ihnen alles, was wir können... Das schönste Mädchen der Welt kann nicht mehr geben, als es hat.

XI

»Komisch, Sie gebrauchen manchmal Ausdrücke... gewisse Wörter...« – »Ach, ich dachte vielmehr, daß ich wie alle andern spreche...« – »Man hört sich eben nicht selbst...« – »Ja, das ist wahr... Jedenfalls ist es mir nie bewußt geworden... Aber was für Wörter denn? Welche Ausdrücke?« – »Nun ja, das Wort ›man‹ zum Beispiel... Sie fangen an mit ›ich‹, wie es üblich ist, Sie sagen ›Ich mache dies oder das‹, und dann lassen Sie das ›ich‹ fallen und setzen ›man‹ an die Stelle... das ist ganz sonderbar...«

Sie suchen, sie tasten ab... alles hier war durchgehend mit einem einfarbigen Stoff bespannt... aber da haben sie die Spur eines Schnitts entdeckt... genau da, wo wieder ein »ich« hätte sein müssen, haben sie ein »man« auftauchen sehen... sie klopfen leicht an die Wand, sie klingt nicht überall gleich, es muß etwas dahinter verborgen sein, ein Schrank, ein Versteck... sie werden neugierig, sie möchten es sehen...

Ja, das »man«, das sich dort einschleicht... Nie hat jemand gesagt, daß er es bemerkt habe, die Leute sind so feinfühlig, so vorsichtig, sie wollen nicht zeigen, nicht einmal den Verdacht erwecken, daß sie gewisse Anzeichen entdeckt haben... den Klang einer Stimme, einen Tonfall, einen Akzent... es wäre riskant, den Eingang zu einem verborgenen Tunnel offenzulegen, der weit, sehr weit führen kann, Gott weiß, wohin er führen, wo er enden könnte... wie könnte man sich da hineinwagen?

Aber dieses Mal muß man gerecht sein, das »man« an der Stelle von »ich« kann nur darauf hindeuten, daß sich dahinter eine kleine, abgeschlossene Kammer, eine Schublade befindet, die man ihnen zeigen könnte... es wäre vielleicht ganz lustig, sie vor ihnen wieder zu öffnen... »Sie haben recht, es ist komisch, dieses ›man‹ auf einmal anstatt des ›ich‹... es wundert mich nicht einmal, es ist gewiß vorgekommen, daß ich es sage... aber wann genau, in welchem Zusammenhang?« – »Nun ja, zum Beispiel, wenn Sie von Ihren Mühen sprechen... Sie haben gesagt: ›ich denke an nichts anderes, es läßt mir keine Ruhe, es ist, als koste es mein Leben, und wenn es dann wirklich nicht geht, gibt ›man‹ schließlich auf, und dann, nach einer Weile, macht ›man‹ sich wieder daran, ›man‹ beginnt von neuem‹... Es ging um Sie, um Sie allein, es konnte nur von Ihnen die Rede sein, und auf einmal dieses ›man‹...« – »Mir scheint das gar nicht so ungewöhnlich... Das muß doch ziemlich oft vorkommen, ohne daß es besonders auffällt... Nämlich dann, wenn das ›ich‹ vielleicht Angst hat, sich zu sehr hervorzutun, sich allzu wichtig zu machen... Wenn das ›ich‹ es ein wenig peinlich findet, sich so sehr preiszugeben, in Szene zu setzen, sondern lieber unauffällig bleiben will und das ›man‹ herbeiruft, damit ›man‹ es verdeckt, während es sein Incognito wahren, sich mit anderen zusammentun kann, die ihm ähnlich sind, um einer von ihnen zu werden, in ihrem Schutz zu sein... sind wir nicht alle gleich? ›Man verliert den Mut und dann, nicht wahr, beginnt man von neuem...‹ Um teilnehmen zu lassen, um alle ›ins Bild zu setzen‹...« Doch das Anhäufen von Erklärungen scheint sie nicht recht zu überzeugen... »Nein, glauben Sie nicht?... Dabei ist es eigentlich ganz klar... Vielleicht ist da auch eine gewisse

Scham...«, aber das Wort »Scham«, das sie ja gut kennen, befriedigt sie nicht, »Demut« ebensowenig...

Sie werden das »man« mitnehmen, es mit ihren Mitteln analysieren, es unter die Proben einordnen, die sie hier entnommen haben... eine reiche Kollektion... Was mögen sie sonst noch aufgegabelt haben? »Was sage ich sonst noch, was Sie überrascht?«

Sie schweigen, sie müssen in ihren Anmerkungen, ihren Aufzeichnungen nachsehen... »Hier... Sie gebrauchen das Maskulinum, wo es doch das Femininum sein müßte... Als Sie von einer Frau, die Ihnen sehr nahesteht, sprachen, haben Sie erzählt, daß Sie zu ihr sagten: ›Mais tu es complètement fou*!‹« – »Ach ja! das habe ich gesagt... ja... ›Tu es fou‹... das war eine Angewohnheit in meiner Familie... es geht auf meine Kindheit zurück... ›Fou‹ galt nicht als beleidigend, wohl aber ›folle‹... Es wurde unter uns geduldet, ohne daß wir je darüber gesprochen hätten, jedenfalls erinnere ich mich nicht mehr... Es gab da eben Wörter, die konnte man nicht übelnehmen... Wie das Wort ›salaud**‹... ›Salaud‹ war nur im Maskulinum erlaubt und natürlich nur in einem gewissen Ton...« Sie nicken, sie lächeln... »Das stimmt, ›salaud‹ im Femininum...«

Sie scheinen ob soviel guten Willens befriedigt... wie bei dem Patienten, der die Buchstaben auf der Tafel des Augenarztes liest und sich bemüht, so richtig, so genau wie möglich zu antworten, damit dieser sich nicht bei der Beurteilung irrt und die richtige Diagnose stellt.

»Nun, da Sie es einmal wissen wollen...« – »O ja, es in-

* Du bist total verrückt – fou (m.), folle (f.)

** salaud: Schuft

teressiert mich...« – »Es kommt auch vor... und da sind Sie wirklich die einzige... Sie sagen: ›Ich erzähle es Ihnen im Stil von...‹ Sie gebrauchen ein englisches Wort...« – »Ach ja, das stimmt, ich sage ›Jingle‹... ›im Stil von Jingle‹... das kommt von meinem Vater...« – »War Ihr Vater Engländer?« »Nein, aber er hatte in seiner Jugend gerne *Die Pickwickier* gelesen... er las uns manchmal Stellen daraus vor... In den *Pickwickiern* gibt es einen Mister Jingle, der immer im Telegrammstil spricht... Ach, natürlich, es hätte ›Telegrammstil‹ heißen müssen... aber ›Jingle‹ hat sich bei mir festgesetzt... wenn man es eilig hat, wenn man keine Zeit verlieren will... ›Sag es in Jingle‹... ›Ich erzähl' es euch in Jingle‹... Aber wie konnte ich nur Ihnen gegenüber... Wie konnte mir nur ›Jingle‹ herausrutschen... Kein Wunder, daß es Sie stutzig gemacht hat... Und daß ich es nicht gemerkt habe... Das passiert eben, wenn man sich selbst nicht sprechen hört... Aber nicht einmal soviel zu hören... Das finde ich doch etwas beängstigend...«
Diese Bemerkungen sind in ein tiefes Schweigen gefallen und darin untergegangen. Nicht ein einziges beruhigendes Wort...

Und dann auf einmal: »Wer er? Von wem reden Sie? Sehen Sie, da ist noch ein anderes gutes Beispiel...« Diesmal fragen sie in einem gereizten, beinahe groben Ton... Die große Gefügigkeit, die Bereitwilligkeit, für sie herbeizuschleppen, was sonst begraben geblieben wäre... wenn auch nicht sehr tief, was jedoch ausgegraben und brav zu ihren Füßen niedergelegt wurde... das hat ihnen Sicherheit gegeben, hat sie ihrer Stärke bewußt gemacht... Sie waren gewiß der Meinung, daß es an der Zeit sei, hier

etwas Ordnung zu schaffen ... nicht mehr soviel Nachlässigkeit, Schlamperei zu dulden ... es ist letzten Endes ... es ist im Grunde genommen mangelnde Rücksichtnahme ... »Wer er? Wer ist dieser ›er‹, von dem Sie reden?«
Sie müssen ganz genau wissen, wer mit diesem ›er‹ gemeint ist, aber sie wollen, daß die Regeln, die überall gelten, auch hier beachtet werden ... »Wer ›er‹?« – »Das ist doch immer der, von denen ich Ihnen erzählte ...« – »Aber es ging nicht nur um den, wie soll man das also erraten? Sie sagen oft ›er‹ oder ›sie‹, bald im Singular, bald im Plural, als ob man erkennen müßte ...« – »Ach ja, das muß wohl auch so ein Tick von mir sein ... Es ist vielleicht eine schlechte Angewohnheit von mir zu glauben, daß auch Sie hier zu Hause sind, in Ihrem Element, in ›vertrauten Gewässern‹ ... es ist lächerlich ... ich weiß nicht, warum ich diesen Eindruck habe, es ist ein Irrtum ... mir scheint, daß die Leute, die ich erwähnt habe, in Ihnen genauso präsent sind wie in mir ... jedenfalls das, was von ihnen ausgeht ... darauf kommt es schließlich an ... wozu ihren Namen wiederholen ...« – »Ach so, darum geht es ... wir dachten vielmehr, daß Sie nur mit sich selbst reden ... daß Sie vergessen, jedenfalls nicht darauf achten, nicht berücksichtigen, daß wir auch da sind ... Ebenso wirken auf uns die Gedankensprünge ›vom Hölzchen aufs Stöckchen‹, die bei Ihnen so oft vorkommen ... man mag daran gewöhnt sein, es ist trotzdem manchmal sehr störend ...« – »Ach, die Gedankensprünge ... ganz richtig, das hat man mir schon mal gesagt ... Übrigens merke ich es bisweilen selbst ... es ist gewiß sehr irritierend ... ich müßte mich besser kontrollieren ... aber meistens merke ich es zu spät oder erst, wenn man mich darauf auf-

merksam macht... man lacht manchmal darüber... Aber da weiß ich nicht recht, ich verstehe nicht ganz...«

Es kommt unaufhörlich von überall her... ein endloser Zug... der schweigende Vorbeimarsch gequälter Seelen... der Worte beraubt, die einzig und allein ihnen ermöglichen würden, Form anzunehmen, hervorzutreten und mit einem Schlag den Fluß der Unterhaltung zu unterbrechen, die ganz legal und abgesichert hier im Zentrum abläuft. Von Zeit zu Zeit wird das, was nur auf den richtigen Moment wartet, hineinzustürzen, ungeduldig... aber es ist nichts zu machen, es darf sich nicht zeigen, es fehlt der Zusammenhang, und was ohne Zusammenhang ist, muß es bleiben.

Aber da gerät der Ablauf der verketteten Sätze ein wenig ins Stocken... es ist, als ob sich zwischen den einzelnen Gliedern etwas lockerte, wo der sprunghafte Gedanke sich einfügen könnte... er läßt sich nicht mehr zurückhalten, er muß heraus, er findet Worte, harte, feste, kraftvolle Worte, die sich schützend um ihn wickeln und ihm gestatten werden vorzuspringen... »Es ist grausam, ich weiß nicht, ob Sie es gesehen haben, man kann es nicht laut genug sagen, hinausschreien, was jetzt, in unserer Zeit noch geschieht, und in welchem Ausmaß... Ich habe es gestern gesehen, eine unglaubliche Reportage...«

Sie betrachten mit großem Erstaunen, was da eingedrungen ist, wahrhaftig ohne Zusammenhang, eben ein Gedankensprung, vom Hölzchen aufs Stöckchen... es gehörte zu einem ganz anderen Kreislauf... aber wenn es auch etwas ohne jeden Zusammenhang ist, es ist nicht möglich, es in angemessener Form zurückzuweisen... einen Augenblick herrscht betretenes, respektvolles Schweigen, Worte kommen von ganz weit her, um Mitgefühl, Anteilnahme auszudrücken... »Ja, es ist schrecklich... Wie traurig...« Und dann reihen sich die Worte, die rechtmäßig zu diesem Kreislauf gehören, unter eifriger Mithilfe aller anderen hier wieder lückenlos aneinander...

Auf einmal ist in das Umfeld der Unterhaltung, wo unermüdlich alles hin und her rennt, was nicht zu Wort kommt, sich nicht zeigen kann, zeigen darf, ein Windstoß gefahren... alles fliegt hoch, auf und davon... da, an der Stelle, wo es immer war, ist eine Leere... etwas öffnet sich im Nichts, durch das etwas entweicht... als wäre es ein Vorzeichen für endgültiges Verschwinden, Auslöschung... aber nein, vielleicht nicht, noch nicht, die Wörter eilen herbei und rufen um Hilfe, man kann sie nicht bremsen, man kann nur einen kurzen Moment versuchen, ihr Eintreffen vorzubereiten, sie etwas besser, anständiger auszustaffieren... »Verzeihung, es ist lächerlich, auf einmal davon zu sprechen, aber es fällt mir gerade ein, ich weiß nicht, warum...« Doch die Worte, die folgen sollten, haben vor lauter Schüchternheit nicht die Kraft anzugreifen, sie weichen zurück, verstecken sich... die kurz in Gang gekommene Unterhaltung... sie war langsamer geworden, wird stocken... aber das darf nicht passieren... andere Worte eilen herbei und reparieren, was beschädigt sein könnte, bringen das Gespräch wieder in Gang... »Nein, ich weiß nicht, wie ich darauf gekommen bin, entschuldigen Sie... Um wieder auf das zurückzukommen, wovon die Rede war, ja, ich bin ganz Ihrer Meinung, aber man muß immerhin bedenken...«
Doch es ist nichts zu machen, schon gerät hinten erneut

alles in Bewegung, ein stärkerer Windzug fegt in die Stöße von Papier, die Schubladen öffnen sich, es wird sich legen, die Leere wird sich wieder füllen... Da, der lange, dicke braune Umschlag... er muß dort liegen... nein, er ist nicht da, er rutscht weg, fällt in den Papierkorb, eine Hand ergreift den Korb, kippt den Inhalt in den Mülleimer... er ist fort, für immer verloren... der Schrei ist nicht zu unterdrücken... »Ich habe verloren, ich denke gerade daran, ich weiß nicht, wie ich jemals...« Und da kommt durch die Bresche, die dieser Hilferuf geschlagen hat, die Rettung... »Vielleicht können Sie es wiederkriegen, wenn Sie dorthin schreiben und es erklären, vielleicht hat man dort noch eine Kopie...« – »Ach, glauben Sie? Wissen Sie von solch einem Fall... O vielen Dank... Entschuldigen Sie den Gedankensprung.«

Sie sind sprachlos... sie verstehen nicht... Woher? Wie ist es hier hereingekommen? Wie konnte es alle Kontrollen passieren? Sie betrachten es prüfend einen Moment... »Es ist entzückend, tatsächlich, sehr ›poetisch‹...« Aber »poetisch«, selbst in diesem Ton gesprochen, ist nicht genug, um ihr Mißfallen auszudrücken, ihre Verachtung, sich so ungeniert über Gepflogenheiten hinwegzusetzen... eine absurde Idee, die einer Erklärung, einer Rechtfertigung bedarf... »Aber warum das auf einmal? Es war die Rede von Demonstrationen in letzter Zeit... von neuesten Umfragen... Was soll das? Wie kommen Sie plötzlich darauf?« – »Ich dachte an meine letzte Reise... ich weiß nicht, warum es mir gerade jetzt einfällt... ich komme nicht davon los... es war so unglaublich schön, die kleinen alten Plätze, die überraschend gut erhaltenen, verschont gebliebenen Häuser...« Die Stimme, die diese

Worte zu uns trägt, scheint ganz davon »durchdrungen«, ergriffen zu sein, ein verträumter, erinnerungsschwerer Ton, sie kommen von selbst hervor wie aus einem kleinen Licht, das dort hinten aufleuchtete, wie aus einer Quelle, die auf einmal zu sprudeln beginnt... Aber das, was die Worte letztlich beschreiben, sieht so banal, so gewöhnlich aus... jämmerlich blasse Bilder... »Jaja... es ist dumm, aber ich habe genau zugehört, ich habe kein Wort verloren, Sie wissen ja, daß mich das ebenso sehr beschäftigt wie Sie, wie wichtig ich es finde... Ist es nicht komisch, finden Sie nicht, dieses Gefühl, das man manchmal hat, sich zu verdoppeln, auf zwei Ebenen zugleich zu funktionieren... Finden Sie nicht?« Nein. Ihr Schweigen zeigt es: Sie finden es nicht.

Man könnte meinen, daß die sprunghaften Sätze, die immer noch in den Wandelgängen das Gespräch umkreisen, vorsichtig den rechten Moment erwartend, mit der Zeit mutiger geworden sind, sie erlauben sich, wann immer es ihnen richtig erscheint, sich mit Worten bewaffnet darauf zu stürzen, es irgendwo zu unterbrechen... aber diesmal bewegt es sich für ihr Gefühl allzu lange in derselben Bahn, es tritt auf der Stelle, es kommt nicht voran, schleppt sich dahin... da springt ein zusammenhangloser Gedanke vor, setzt sich an die Spitze, andere springen nach, lenken wie richtige Freischärler, richtige Banditen den Trupp in eine ganz andere Richtung.

Nach kurzer Verwirrung... was geht hier vor? wo führt das hin?... kommt die Unterhaltung wieder in Gang und schreitet langsam voran... die Strecke ist unbekannt, führt zu Orten, wohin bis jetzt niemals... Es ist so be-

langlos, so vulgär … jene Art von Vergnügungsstätten, wo es peinlich wäre, gesehen zu werden … zusammentreffen mit … aber nach und nach wird das, was man nur klammheimlich besuchte, ohne Worte, die es enthüllen könnten, nun von Worten hierhergetragen, wo es sich unverhüllt zeigt wie durch und durch anständige, ehrenhafte, ja sogar genau zutreffende Sätze … sie beleben die Unterhaltung, Wörter kommen ganz aufgeregt hervor, schubsen einander, überlagern sich … »Ach was, aber was das Tollste ist, er war nicht einmal ihr Liebhaber … es ist nicht zu begreifen, wie sie darauf verzichten konnte … Haben Sie denn nicht gelesen, was sie gesagt hat? …« – »Das ist doch nicht möglich! Das hat sie gesagt …« – »Jaja, ganz bestimmt, auch ich … auch ich habe es gehört …«
Doch das ist nur ein Einzelfall, sogar eine Ausnahme, der plötzliche Ansturm der sprunghaften Gedanken hat nur selten eine so wohltuende Wirkung.

»Auf, ihr Toten!« ist heftig, aggressiv herausgerutscht … »Wovon reden Sie nur? Was soll das? …« Die Gedankensprünge kennen offensichtlich keine Zurückhaltung mehr, sie glauben, sie können sich alles erlauben, und der da: »Auf, ihr Toten!« gerade in dem Moment, als »Totem« des Weges kam, fest mit dem vorhergehenden und nachfolgenden Wort verbunden, genau am richtigen Platz in dieser Unterhaltung, eines seiner wichtigsten, unerläßlichen Glieder … »Totem« wurde gepackt, herausgerissen, die Konversation ist unterbrochen, stockt … und dann zweigt sie ab, schlägt eine ganz andere Richtung ein, sie beeilt sich, »Totem« zu Hilfe zu kommen, das gekidnappt wurde und das sie befreien will … »Hören Sie mal, es waren »Totems«, um die es sich handelte, man sprach von »Totems«, von »Totemismus... Totem... e-m...« Aber es ist nichts zu machen, »Totem« bleibt gefangen... »Auf, ihr Toten! Auf, ihr Toten!«... wurde seines Sinnes entleert und an »Auf« angehängt, was einen unbekannten, verwirrenden, undurchdringlichen Sinn in ihn hineinspritzt... der es vollkommen unkenntlich macht... sein langes »m« wird zu einem kurzen »n« zusammengepreßt... aber wenn man auch versucht, den Schraubstock zu lockern... »Es sind nicht die ›Toten‹, *tot* hat nichts damit zu tun, es war von ›Totems‹ die Rede...« es gelingt nicht, es zu befreien. Man muß sich damit abfinden, es ist für immer verloren... »Totem«, so bedeutsam, so treffend, respektiert, von angemessenen Worten umgeben, wurde entführt, ein »sprunghaftes Wort« hat sich seiner bemächtigt und hat einen Gedankensprung daraus gemacht... und was für einen... Empörend, ein Wahnsinn!

Aber wozu weitermachen... das Suchen würde kein Ende nehmen, man würde sich verlieren in allem, was geschehen kann zwischen soviel Hölzchen und Stöckchen.

XII

Das war es also... aber wie sollte man darauf kommen, es auch nur erahnen... sie mußten es von sich aus zugeben... aber warum »zugeben«... sie hatten nichts zuzugeben, sie fühlten sich keineswegs schuldig... sie waren Opfer ihrer großen Empfindsamkeit, ihrer Empfänglichkeit, ihres Mitgefühls, so daß sie alles empfanden, erlitten, als wären sie eins... Es mußte erst etwas Zeit vergehen, bevor sie wagen konnten... Außerdem hatten sie sich gefragt, wozu ihre Anwesenheit wohl nützen sollte...
Sie hatten nicht die Anmaßung besessen, sich einzubilden, daß sie stark genug sein könnten, und sei es nur für einen kurzen Moment, das zu vertreiben, was hier vor aller Augen mit Macht eingedrungen war, alles besetzend, alles beherrschend... was sie nicht einmal wagten, beim Namen zu nennen: das Unglück...
Dabei war nichts würdiger, diesen Namen zu tragen. Nichts reiner. Nichts authentischer. Kein Vergleich mit dem einen oder anderen Unglück, das sich bisweilen diesen Namen anmaßt und das gewiß oft mit unendlichen Leiden verbunden ist, jedoch undurchschaubaren, schmutzigen... jeder, der davon erfüllt ist, zeigt sie lieber nicht... wenn er so unvorsichtig wäre, sie sehen zu lassen, wenn er so weit ginge, sie mit dem vornehmen Wort »Unglück« zu bezeichnen, liefe er Gefahr, etwas ebenso Unreines, Verdächtiges wie sie zu verbreiten, auf sich zurückzulenken... ein besudelndes, erniedrigendes Mitleid.

Dieses Unglück hier hingegen wurde bis vor noch gar nicht langer Zeit öffentlich anerkannt, hißte stolz seine Fahnen... Schleier und Trauerflor, schwarze Krawatten und Armbinden... es hatte für eine genau bemessene Zeit einen so hohen Rang, daß alle, die in seine Nähe kamen, gezwungen waren, sich den fest etablierten, beruhigenden Vorschriften einer Etikette zu fügen... man brauchte sie nur zu befolgen...
Aber jetzt, da das Unglück auf seine äußeren Merkmale verzichtet, seine Orden und Ehrenzeichen, seine Uniform abgelegt hat und incognito, ganz gleich wo, ganz gleich wann, in banalster Aufmachung herumspazieren... im Untergrund leben kann, wie es ihm gefällt, weiß man nie, wo es sich versteckt hält... da, wo man am wenigsten darauf gefaßt war, es zu finden... Ein Nichts... wieso ein Nichts? wie soll man es ahnen?... kann es schlagartig zum Vorschein bringen... ein beunruhigender Widerschein... ein Schatten... man fühlt sich nie sicher, man muß immer auf der Hut sein... man weiß nie, »woran man ist«...

Aber sie irren sich... das Unglück hat hier keine einzige Spur hinterlassen, die für sie auch nur im geringsten lästig sein könnte. Ihr Hiersein hat es sofort vertrieben, weit über jenen Wandelgang hinaus, wo alles kommt und geht und nur auf den richtigen Moment wartet, hineinzuschlüpfen... dieser Moment wird für das Unglück niemals kommen, solange sie noch da sind.
Kaum sind sie hier, sind Tür und Tor weit offen, damit alles Reinigende, Erfrischende, Belebende von überall her, ganz gleich wo, hereinkommen, sich überall ausbreiten kann... »Ah, das muß man sich ansehen... ein tolles

Schauspiel... eine wunderbare Neufassung... noch nie hatte jemand gewagt, es so zu verändern... Ich fand es, obwohl ich, bis auf wenige Ausnahmen, eigentlich kein Opernfreund bin, dieses Mal wirklich bezaubernd... ein wahres Glück...« – »Jaja...« sie sprechen mechanisch die Worte... als wollten sie sich befreien, schnell beiseite fegen... sie schauen zerstreut, als ob sie gesehen hätten, daß da etwas auftaucht, sich leicht abzeichnet... kein Zweifel, ja, es kommt näher... es ist das Unglück... hier ist es, es hat alle Entfernungen überwunden, ist durch alle Wände gedrungen...

Es ist das Wort »Glück«, das plötzlich dasteht, das muß es angezogen haben... sagt man nicht, daß »Gegensätze sich anziehen«? Oder vielleicht könnte man eher sagen, »gleich und gleich gesellt sich gern«? Aber nein, was für eine Idee... sie haben es herbeigerufen, zurückgerufen... das Glück, hier empfangen, hier installiert, als gehörte es hierher, ungeniert zur Schau gestellt, hat ihnen gezeigt, wie rücksichtslos, wie grausam das Unglück von hier verbannt, vom Sockel gestürzt, in die Verliese des Vergessens geworfen worden war... sie wollen es befreien, es wieder heraufholen, es wieder in seine Rechte einsetzen... ihr lässiges, verächtliches »Jaja« hat sogleich alle Opern, Lieder und Tänze, alles schamlos Frivole zurückgedrängt, zum Einhalten gebracht, was sonst, wenn man nicht aufpaßte, aus dem Ort eine Vergnügungsstätte machen würde... Und sie haben nach ihrem beiseite fegenden »Jaja« hier überall Schweigen ausgelöst... ein andächtiges langes Schweigen, das ermöglichte, das Unglück hier mit gebührender Hochachtung zu empfangen... und da ist es... es kommt näher... es ist wieder da...

Aber der Name, Unglück, reicht nicht mehr aus, alles das

zuzudecken, was sich jetzt ausbreitet, den ganzen Raum ausfüllt... Wieso denn den *ganzen* Raum? wenn es doch ein Raum ist, der keine Grenzen hat...

»Und ich sage sogar, es ist noch schlimmer als das, was man uns darüber berichtet... Man findet dort... es ist nicht zu glauben...« Wie sollten sie nicht nach besten Kräften soviel Mut, soviel Aufopferung unterstützen... soviel Eifer, hier eine immer höhere, immer dickere Mauer zu bauen... die besten, dauerhaftesten Baustoffe zusammenzutragen... von überall her, ganz gleich wo... Katastrophen, Erdbeben, Überschwemmungen, Hungersnöte, Ausrottungen, Kriege, Skandale, Landschaften, Reisen, Abenteuer jeder Art, aufregende Entdeckungsreisen in noch unbekannte Welten... alles wird aufgegriffen, mitgenommen und nach hier gebracht, um die Mauer zu errichten, die sie vor dem schützen soll, was hier einzudringen und sie zu belästigen droht... sie müssen unbedingt mithelfen... sie suchen, sie opfern sich auf, sie sind bereit, alles herzugeben, was sie haben, damit das, was da steckt, da hinten... sie spüren, wie es schubst und stößt... das Unglück... damit es nicht einsickert, zersetzt... nein, das Material hier hält garantiert stand... »Ich wollte gerade mit Ihnen darüber sprechen, es ist außerordentlich wichtig... es wirft all unsere Gewißheiten, unsere Vorurteile über den Haufen...« Aber warum diese Mühe... es ist ein ungleicher Kampf, erschöpfend für alle... sie sind sicher, daß das Unglück, kaum daß sie weg sind, mit einem Schlag die schönen Befestigungsanlagen in einen Trümmerhaufen verwandeln wird.

Diesmal ist hier keine Spur von dem, was sie so ängstigt, nicht das kleinste Restchen Unglück... alles, was hier ist, richtet sich, wie es überall geschähe, auf das, streckt sich dem entgegen, was hier hereingekommen ist, gewaltsam von draußen hereingeschleudert wurde und auf einmal den ganzen Raum besetzt hat... Ein unbekannter, sonderbarer Gegenstand... Sie kommen im richtigen Moment, vielleicht können sie mithelfen, ihn zu packen, ihn festzuhalten, zu überprüfen... »Ist das nicht erstaunlich?... Was haben Sie gehört? Was halten Sie davon?« – »Ja, wirklich, es ist sehr verwirrend...«

Aber wie ist das möglich? Sogar dieses Mal, sogar in diesem Moment, haben sie es wieder gesehen, sie sehen es immer, sie spüren überall seine Präsenz... es konnte sich hier in ihre Antwort einschmeicheln, einschleichen wie eine leichte Unsicherheit, ein kaum wahrnehmbares Zögern...

Was man ihnen gezeigt, vor ihnen ausgebreitet hat, erschien ihnen wie ein Stück bemalte Leinwand, das man darüber gelegt, davor aufgespannt hatte, um es zu verdecken, doch sie täuschen sich nicht, es ist da, im verborgenen, ja, es ist das Unglück, es rührt sich leicht, versetzt das Tuch in wellige Bewegung...

Doch sie dürfen vor allem nicht... sie dürfen um keinen Preis auch nur den geringsten Argwohn durchscheinen lassen... es muß auf jeden Fall so aussehen, als ob sie mit gespannter Aufmerksamkeit, mit größter Wißbegier einen ganz festen, harten, dicken Gegenstand betrachteten... nichts, was an ein Stück bemalte Leinwand, an einen Schleier erinnerte, der erzittert, bebt... sie müssen sich fest in der Gewalt haben, nur keine Bewegung, die soviel bewundernswerte Zurückhaltung, soviel untadelige Würde verletzen, in unerträglicher Weise verletzen würde.

Von dem, was hier zurückgeblieben ist, steigen lautlos, wie Luftblasen in einem Aquarium, Lachsalven empor, platzen ohne ein Geräusch ... Aber sie sind hereingekommen, und schon hat sich das Aquarium in einen offenen Raum verwandelt, voller Luft und Licht, wo ihr Gelächter Wogen der Heiterkeit hervorsprudeln, vorbeirauschen, dahinrollen läßt ... »Sie lieben ja immer lustige Geschichten, ich habe eine schöne für Sie, sagen Sie mir gleich, wenn Sie sie schon kennen ... Es ist die Geschichte eines japanischen Journalisten ... Nein? ... Sie gefällt Ihnen bestimmt ... Ich selbst kann mich vor Lachen nicht halten, wenn ich nur daran denke ... Dieser Journalist kommt nach Peking und macht Interviews ...« schon lachen sie laut ... »Ist die nicht lustig? Es ist eine von den Anekdoten, über die ich immer wieder lachen muß ... Es ist ganz dumm, aber ich kann nicht anders, ich weine vor Lachen ... sehen Sie, ich lache Tränen ...«
Sie sehen die Lachtränen fließen, seine Wangen werden feucht, und sie finden, es sind zu viele ... zu viele Tränen ... es mußte schon vorher dort unten ein großes Reservoir gewesen sein, und jetzt wurde es geöffnet, es entleert sich, es ist ein Strom, bei dem sich unter die Lachtränen auch andere mischen ... wenn sie doch nur ein paar davon mit der Fingerspitze auffangen und probieren könnten, sie hätten bestimmt einen Geschmack ... sie wissen, welchen ... ja, ohne Zweifel, diese Tränen ... sind bittere Tränen.
Auch hat das Gelächter einen so starken Widerhall ...

Hallt es nicht zu stark?... gewaltige Lachkaskaden... Nennt man das nicht ein nervöses Lachen? wie es manchmal bei tragischen Unglücksfällen zu beobachten ist, bei Katastrophen?
»Der Japaner fragt also ganz arglos...« sie blicken wie gebannt, warten unruhig, gespannt... die kleinste falsche Bewegung, ein kurzes Stocken, und der Akrobat, der zum ersten Schritt über die Leere ansetzt, wird sich nirgends festhalten können, wird fallen, hinabstürzen in das, was da unter ihm ist, das Unglück, sie sehen es... ein kurzes Zögern... aber nein, er fängt sich wieder... »Ja, dann fragt also der Japaner: ›Haben Sie nie daran gedacht...‹« Oh, was für ein geschickter Trapezkünstler, mit welcher Ruhe er, fest auf der Stange stehend, balanciert... »Ja, dann fragt der Japaner: ›Haben Sie es nie versucht mit...‹ – Welche Erleichterung, ihn so ruhig und sicher zu sehen... ›Wäre es nicht einfacher mit Zyanid?‹... – »Ha, ha, ha, der ist wirklich gut, köstlich, zum Kugeln...«
Doch was haben sie wohl zuvor durchgemacht? was für unangenehme Momente...
Wenn sie von hier fortgehen, werden sie glauben, daß sie einen Clown zurückgelassen haben, einen traurigen wie alle andern... sie werden sehen, wie er sich nach seiner Nummer abschminkt... die Schminkschicht von seinen Wangen wischt, in die die Tränen feine Rillen, leichte Spuren eingegraben haben.

Sie stützen sich mit den Händen auf die Sessellehnen, sie erheben sich, werden aufstehen... doch dann, nein, noch nicht, sie setzen sich wieder... Und doch ist es der Moment, an dem jeder andere... aber hier nicht, sie haben nicht den Mut, es loszulassen, es wieder fallen zu lassen, hinein in die zitternde dunkle Masse, aus der sie es herausgefischt haben, es fest in der Hand hielten, auf dieser Erde, die mit Unglück jeder Art übersät ist, doch vereinzelt, hier und da verstreut, so daß die Erde da, unter ihren Füßen, fest, zuverlässig, kompakt bleiben konnte…

Aber Vorsicht, er könnte merken, daß man nicht wagt, ihn allein zu lassen, nichts wäre ihm unerträglicher… um es zu vermeiden, um den Eindruck zu erwecken, daß auch er sich auf festem Boden fühlt, dafür hatte er die vielen Anstrengungen gemacht… zahllose Anstrengungen… Vielleicht ist er so erschöpft, daß er sich wünscht, allein gelassen zu werden, damit er sich gehenlassen, sich ganz dem Element überlassen kann, das nunmehr sein Element ist, das einzige, in dem es möglich ist zu leben…

Wie dem auch sei, warten, zögern, »eine Ewigkeit«… wozu? der Aufschub würde es nur schlimmer machen, mit Anlauf springt es sich besser… Sie nehmen erst gar keinen, sie springen… »Mein Gott, wie spät ist es denn? Wissen Sie, wie spät es ist? Die Zeit ist im Flug vergangen… es ist wirklich höchste Zeit, daß wir uns davonmachen…«

Während sie von hier fortgehen, haben sie das Gefühl, daß etwas aus ihm herausgekommen ist, aus seinem Blick, seiner Stimme, seiner Hand, die ihre Hand umschloß… ein schüchterner, ängstlicher Ruf, ein zitterndes Notsignal… etwas, das er unwillkürlich abgesondert hat… Fäden, die kleben bleiben, umklammern, festleimen… es ist an ihnen hängengeblieben, sie entfernen es, wischen, reiben, ist es weg? es bleibt nur eine kleine Spur, ein winzig kleiner Fleck, man muß schon wissen, daß er da ist, um ihn zu sehen, und er wird nach und nach verschwinden, er wird nicht mehr zu sehen sein.

»Tod« ... man möchte meinen, daß sie auf einmal schwanken, taumeln, sie wissen nicht, woran sie sich festhalten sollen, sie haben Mühe, ihr Gleichgewicht wiederzufinden ... daher ist es gekommen, ein heftiger Windstoß, eine Explosion, von diesem Wort, das einer von ihnen hier fallen gelassen hat ... »Tod« ... es kann nur von daher kommen ... »Tod« ... ein Wort, das doch in ihrer Abwesenheit frei zirkulieren konnte, ohne solch eine Wirkung hervorzurufen ... ein alltägliches Wort, das man hier benutzte wie überall ... Aber sie vergessen keinen Moment, daß sie sich nicht irgendwo befinden ... Hier, das wissen sie, darf man dieses Wort, so banal und harmlos die Art und Weise auch sein mag, in der man es gebraucht, das Wort an sich ... »Tod« ... sie wissen, daß man hier niemals, auf keinen Fall ... wer wüßte nicht, daß man im Haus eines Gehenkten nicht vom Strick spricht:
Und »Tod« ... wenn das Wort auch anderswo ebenso gebräuchlich und funktionell ist wie »Strick«, so würde es, hier ausgesprochen, sofort daran erinnern, wo man sich befindet, genauso wie wenn man im Haus eines Gehenkten das Wort »Strick« ausspräche.

»Tod« ... sie schauen verwundert, entrüstet, eher mitleidig den Ungeschickten, Unglücklichen an, der plötzlich, wie konnte er nur? er hat es nicht absichtlich getan... Wahrscheinlich hat er, seitdem er hier ist, nichts anderes gesehen, angestarrt als... »Tod«, das Wort, das man um jeden Preis vermeiden mußte... Es ist wie bei einem, der radfahren lernt und unweigerlich gegen das Hindernis fährt, vor dem man ihn gewarnt hat... das er mit aller Kraft zu umfahren versucht...

»Tod«... es nützt nichts, ein gleichgültiges, unaufmerksames Gesicht zu machen... sie sehen es ebenso deutlich wie die Miene, die der höfliche, gastfreundliche Hausherr aufsetzt, während das verschüttete Wasser aufgewischt, die Stücke der zerbrochenen Vase aufgelesen werden...

»Tod«... manche von ihnen bemühen sich offensichtlich, so zu tun, als hätten sie nichts gehört, und es ist einem peinlich wie im Zimmer eines Kranken, wenn Besucher über etwas hinwegsehen wollen, was die Krankenschwester hereinbringt, und verschämt, beschämt den Blick abwenden.

»Tod«... wird der Tollpatsch, der das Wort ausgesprochen hat, jetzt, ohne daran zu denken, wie gewagt, wie gefährlich es ist, einen Patzer wiedergutzumachen, das Wort »Tod« noch einmal sagen, es in leichtem, scherzhaftem Ton wiederholen, als zeigte er eine Karnevalsmaske, die über ein schelmisches, rosiges Gesicht gestülpt ist... er würde nur jedesmal deutlicher eine Totenmaske zum Vorschein bringen, die das Gesicht des Verstorbenen festhält.

Aber er weiß nur zu gut, ist viel zu erfahren, um solch eine Gefahr zu riskieren. Er will, im Gegenteil, das Wort von hier vertreiben, es vergessen machen, und sucht so weit weg wie möglich von hier, er beeilt sich, er ergreift auf gut Glück irgend etwas und bringt es hierher... was hat er denn geholt? es ist sonderbar, so unerwartet und ungeschickt... es zeigt nur, verbreitet, offenbart allen seine Verwirrung, seine Verlegenheit...

Wie recht sie hatten, als sie gar nicht erst versuchten, sich zu entschuldigen, als sie sich keiner Schuld bewußt waren... sie hatten vielmehr durch ihr Fernbleiben von hier gezeigt, daß »jeder sich selbst der Nächste ist« und daß überdies Nächstenliebe beim Nächsten aufhört.

XIII

»Langeweile? Wirklich?« – »Ja, sie geben mir ein Gefühl großer Langeweile, tödlicher Langeweile sogar...« Langeweile... das Wort überrascht... Kein einziges Mal war es, solange sie hier waren, noch nach ihrer Abreise, das Wort gewesen für etwas, was sie hier womöglich ausgelöst hatten. Es ist gewiß eines jener Wörter, wie wohlsituierte, verwöhnte, wählerische Leute sie gebrauchen, Feinschmecker, die an erlesene Speisen gewöhnt sind... oder, im Gegenteil, unterernährte Leute, die nahrhafte Kost brauchen, um wieder zu Kräften zu kommen...

Aber hier... wie kann man sich all das Wohltuende, das von ihnen ausging, noch einmal vergegenwärtigen...

Sobald sie auftauchen, verwandelt sich alles hier im Nu in das Milieu, in dem sie sich wohl fühlen, in das Ambiente, in dem sie zu Hause sind, in einen Ort von beschränkten Ausmaßen, mit dicken, hermetisch geschlossenen Wänden ringsum... eine Art fest betonierter Schutzraum... aber warum Schutzraum? Um sich gegen was zu schützen? Gegen welche Gefahren? Welche mörderischen Angriffe? Wo doch fortan keine Bedrohung, keine Spur von Angst, von Besorgnis besteht und sie rückhaltslos alles auskippen, was sie von daheim mitgebracht haben, Krimskrams jeder Art... »Der Kotflügel und die hintere Tür total verbeult, einer der Scheinwerfer zersplittert, dabei war der Wagen ganz neu und stand geparkt, ein Glück, daß die Versicherung... aber soviel verlorene Zeit und das ausgerechnet, als wir wegfahren wollten...« – »Wegfahren?

doch nicht für länger? Nicht dahin, wohin Sie im Urlaub fahren…« die besonnte Fassade eines Hotels taucht auf, Bungalows, Palmen, ein Sandstrand, ein glasklares blaues Meer… – »Nein, nur zu meinen Eltern an die Oise…« und schon ist der graugrüne Fluß da, und Wiesen… »Übrigens, mir fällt gerade ein, die Erklärung muß vor dem Ersten abgeschickt werden…« Es entsteht eine ganz leichte Erregung… »Vorm Ersten? Sind Sie sicher? Wurde es nicht bis zum Fünften verlängert?« – »Nein, nein… Aber wo habe ich sie nur gelassen?…« und schon verrutschen, verschieben sich hier die Papiere, die Aktenstöße… man wird sie wiederfinden, das ist sicher… die Aufregung ist beinahe wie in einem jener kleinen Autoskooter… nicht ernst zu nehmen, es ist nichts passiert, da ist es ja, das dicke Doppelblatt mit dem blaßblauen Aufdruck, und die Bescheinigungen sind auch da, alle zusammen, man braucht nicht mal nachzuprüfen… auch sie haben ihre Papiere wiedergefunden, man sieht es an ihrem gelösten, zufriedenen Blick… Womit kommen sie jetzt noch an? »Ach, diese Kinder… sie machen einem ganz schön zu schaffen…« – »Es ist eben ein Alter…« sie führen sie hier herein, gekleidet, wie es sich schickt, wohlvertraut… »Die Kleine hat ihren eigenen Kopf, das war immer so, dickköpfig, wie meine arme Mutter es war… und ihr Bruder, na der, wissen Sie, die Jungs… nichts als Fußball und Boxen…«
Alle Wände des fest verschlossenen Ortes füllen sich nach und nach… nichts, was nicht sogleich seinen Platz fände, nichts, was man entfernen möchte, nichts, was stört… nicht einmal die künstlichen Blumen, aus Gips, aus bemaltem Blech… »Wir haben schließlich keine Blumen mehr gepflanzt… es genügt jetzt, ab und zu mal zu jäten… Ach, wenn man öfter hinkäme… Der Stein ist

zwar schön, aber noch zu weiß.« – »Sie werden sehen, bald wird er eine schöne graue Patina haben...« – »Das stimmt, es braucht Zeit, ich kann ihn noch so sehr mit Moos einreiben...«
Alle Wände hier sind von oben bis unten beklebt mit den Bildfetzen, die sie ausgeschnitten haben, sie fügen sich ineinander wie die bunten Teilchen eines Puzzles, sie entrollen ringsum ein großes buntes Fresko mit unerwarteten, ganz unterschiedlichen Details, gar nicht übel anzusehen, eher eine Zerstreuung...

Aber sie sind fort, sie haben »den Ort geräumt«, und so ist es tatsächlich dieses Mal, sie haben alles mitgenommen, alles, was sie hergebracht hatten, sie lassen nie etwas zurück, keine Reste, keine Spur, keinen verdächtigen Fleck, der deutlicher, kräftiger wird, der sich ausbreiten, alles überdecken würde... Die Wände, die sie um sich aufgestellt hatten, sind mit ihnen verschwunden...

Nichts bleibt hinter ihnen zurück als ein pieksauberer, durchgehend glatter, fester Boden... schon beginnt etwas zu schubsen, sich zu lösen, zu entfernen, immer höher hinaufzusteigen... was ist das?... niemand spricht je davon... es stimmt, daß es schwierig ist, wo soll man die Worte finden? Womit es vergleichen? Vielleicht mit einer rundum fest verschlossenen kompakten Kugel... einem Himmelskörper... Allein... um ihn nichts als Leere... nichts in der Nähe, nichts, was an ihn herankäme, ihn erreichen, streifen könnte...
Nichts kann sich von außen, so entzückend es auch sei, ausbreiten, es ist schon voll, randvoll, bis oben hin... voll womit?...

Es besitzt eine so große Intensität, eine so außerordentliche Kraft... die Kraft, die für nichts anderes da ist als... nichts anderes als was?... Nichts anderes als dazusein...

Es ist etwas Unverletzliches, es ist unbesiegbar...
Es ist so leicht... wie ein zarter Hauch, eine leise Berührung...
Sie ist es, ja, sie ist es, sie ist hier, die Ewigkeit...

Wäre es nicht lustig zu sehen, was sie für ein Gesicht machen würden, wenn man den Wahnsinn so weit triebe, ihnen die wohltuende Wirkung zu verraten, die manchmal von denen ausgeht, die bei ihnen so viel Langeweile hervorrufen, tödliche Langeweile.

XIV

»Warum?«... zum ersten Mal, noch nie war »Warum?« bisher aufgetaucht... und jetzt auf einmal »Warum... ja, warum macht er das?«... Ein dünner Lichtstrahl, ein irrlichternder schwacher Schein am Ausgang eines Labyrinths... »Warum?« am Ende eines Wegs voller Steine. Steine, die er hier niederlegte, hinter sich zurückließ... dicke, willkürlich verstreute Steine... man stieß sich an jedem einzelnen, man stolperte, man tat sich weh... Und auf einmal erscheinen sie wie eine Aufeinanderfolge von Zeichen, die zu diesem »Warum?« führen, der Verheißung eines Ausweges, der Hoffnung auf Befreiung...
Aber ist das möglich? Besteht tatsächlich zwischen den einzelnen Zeichen eine Verbindung? Bedeutet jedes von ihnen wahrhaftig eine Etappe? Ist das »Warum?«, das am äußersten Ende aufleuchtet, nicht eine Halluzination? Die Folge von Überdruß, von Fernsucht? Ist es das Seil eines Fakirs oder ein echtes, festes Seil... an dem man sich von einem Knoten zum anderen hinaushangeln kann bis zu dem Punkt, wo man sich geschützt fühlt, wo Hilfe kommen wird, vielleicht eine Antwort...

Man muß ihn sich noch einmal ansehen, und zwar nicht wieder in einer beliebigen Reihenfolge, sondern zuerst so, wie er hier beim ersten Mal auftauchte, mit schönen Beglaubigungsschreiben ausgestattet, mit allen Ehren, allen Vorrechten empfangen, wie es seine Tätigkeit, sein umfangreiches Wissen verdienen, als er tatsächlich hier ein wenig von seiner mehr als ausgefüllten, nutzbringenden, kostbaren Zeit verplempern wollte...

Gab es nichts in dem Moment, nicht einmal in dem allerersten, was vorhersehen ließ... als er in seiner ruhigen, selbstsicheren Art in Form einer einfachen Feststellung erklärte, daß er mit dem gleichen Vergnügen auch an anderen Orten, an einem andern Lieblingsort verkehre... Und der Name dieses Ortes, kaum hatte er ihn ausgesprochen... der Name eines dieser glücklicherweise weit entfernten, überlaufenen Orte, die man besser meidet... ihr Name genügt, und schon ist es, als ob ekelerregende Schwaden stickiger Luft hier hindurchzögen, Gerüche von billigem Parfüm oder Kosmetik... Aber die schlechte Luft ist sogleich wieder verjagt, und da steht er, ganz in bezaubernde Aufrichtigkeit gehüllt, parfümiert, ungeschickt vor lauter Naivität, Arglosigkeit, keine Ahnung von Schonungsmanövern, von Angst, Selbstgefälligkeiten zu verletzen... Möchte man, daß in ihm etwas von jener Unreinheit, von jener Verächtlichkeit wäre, die ihn davon abhielte, seinen Vorlieben, seinen etwas ausgefallenen, eigenwilligen und unterschiedlichen Vorlieben nachzugehen, um beschämende, entwürdigende Empfindlichkeiten zu schonen, die er nicht sieht, die er nicht kennen kann... »Ja, seine Bücher und Ihre... sie stehen bei mir nebeneinander... Ich greife gerne danach... Sie kennen sie nicht... Ist das möglich? Ich kann sie Ihnen nur wärmstens empfehlen...« Und hier sogleich die Zustimmung, eilfertig... »Ja, ich werde nicht versäumen... da Sie sie mir empfehlen...«

Und nichts ist da, nichts, was darauf hindeuten würde... kein Hauch, keine Spur von »Warum?«... Nichts... wirklich nichts?

Er soll dableiben... ihn nicht loslassen... er soll es noch einmal sagen... »Wissen Sie, es bedeutet auch mir sehr viel, ich kehre immer gerne dahin zurück... es geht mir wie Ihnen, ich stelle Sie immer nebeneinander...«
Ist es noch das kleine unförmige Wesen, das mißgestaltete Ungeheuer, aber voller Kraft, das hier wie ein Hausherr, ein Eroberer hereinplatzt... sein argwöhnischer Blick mustert... Wer wagt sich zu rühren? Sollten Sie die Anmaßung besitzen, Ihren Rang zu verlassen, in den ich Sie nebeneinander eingeordnet habe? Sie sind nicht an Ihrem Platz? Sie sind anderswo? Vielleicht weiter oben? Ach so, Sie sind nirgendwo? – Aber nein, glauben Sie nur das nicht... – Ich wußte es ja, Sie sind einverstanden, Sie werden sich von selbst ganz brav einordnen... so ist's recht... versäumen Sie es nicht, Sie werden sehen, die Nähe kann nur von Vorteil für Sie sein...
Ja, hier und nirgends sonst... Er weiß genau, was sich schickt, was angebracht ist... Nur hier hat er, sobald er den Fuß aufgesetzt hat, so heftig aufgestampft... Da ist es, es zeichnet sich ab, es ist da, kaum sichtbar, es ist so merkwürdig, unerwartet, unbekannt... es ist wie die erste Skizze... wie der erste Knoten des Seils... vielleicht kann man sich daran hinaufziehen, es fest packend, es umspannend... »Warum? Ja, warum macht er das?«

Es ist dieses Wort, eben dieses Wort, das, wenn man es in einem anderen Tonfall wiederholt, seine zweite, eine der ersten entgegengesetzte Bedeutung heraufbeschwört, und durch den Zusammenprall zwischen beiden, durch ihre Kollision entsteht eine Explosion, die sich unwiderstehlich in enormen Lachsalven entlädt...

Er allein, er hat diese überraschende, mit bewundernswerter Geschicklichkeit hervorgerufene Zündung nicht bemerkt... er hat die zweite Bedeutung aufgefangen, hält sie fest, drückt sie... ein Schwamm, aufgebläht von dem, was man Grausamkeit, Zynismus, Gleichgültigkeit der Wohlsituierten gegenüber den Leiden anderer nennt...
Er fährt darüber hin... mit diesem weichen, schweren Schwamm über die herabgefallenen Lachsplitter, die verstreut herumliegen, er wischt, er reibt überall... »Wie kann man vergessen, sich lustig machen über die Leiden, die ein ganzes Land heimgesucht haben, eine ganze Bevölkerung drangsaliert, terrorisiert, die Geschäfte leer, die Kanalisationen zugefroren...«
Und da fällt man aus allen Wolken... man schaut sprachlos... man war tausend Meilen entfernt... es war verschwunden, man hatte es vergessen... man verkriecht sich ganz verschämt in sich selbst... es war solch eine ohrenbetäubende Explosion, die durch den unerwarteten Schock zwischen zwei entgegengesetzten Bedeutungen in ein und demselben Wort ausgelöst wurde...

Aber diesmal wird er nicht so leicht davonkommen... Diesmal ist er hier vorgeladen, um verhört zu werden wie nie zuvor... Ist er wirklich dermaßen unempfindlich für Humor, für Spaß, unfähig, so viel Einfallsreichtum, so viel Feingefühl zu bewundern, daß er wagt, diese kläglichen Lachsalven wegzuwischen, die er brutal mit seinen Desinfektionsmitteln zum Verstummen gebracht hat... Mitleid, Anteilnahme, Aufmerksamkeit für das Leiden anderer... Aber nein, freilich, anderswo hat er nie... das wußte man... anderswo hätte er zu viel Angst, als eng-

stirnig, furchtsam, kleinkariert zu gelten... ein Spielverderber, ein Rüpel... Anderswo hätte er sich ganz sicher auch vor Lachen gekrümmt...
Aber hier überkommt ihn große Lust, zur Ordnung zu rufen, auf Trab zu bringen, sie erfüllt ihn ganz und gar, er ist ganz schwer davon, platzend voll, und er platzt... Warum?

»Ja, das haben Sie schon gesagt...«, und hier fühlt man sich geniert, zerknirscht, man muß besser achtgeben, man muß sich besser in Gewalt haben, nicht vergessen... wenn er nicht darauf hinwiese, würde man nie merken, daß man quasselt...
Aber da sind wir aus Unachtsamkeit, aus Ungeschick rückfällig geworden... Schon sagt er streng... »Das ist entschieden eine fixe Idee von Ihnen.«
Unter dem Schlag schwankt man sogar hier ein wenig, man hält an sich, klammert sich an irgend etwas, stößt ihn irgendwie von sich... »Na, wissen Sie, das ist nicht nett, das ist nicht sehr höflich, solche Bemerkungen...« Er scheint überrascht... muß man es ihm etwa erklären? Ach was, das wäre lächerlich, er weiß es besser als jeder andere... eine kurze Bewegung... »Das tut man nicht« genügt.

Aber jetzt, da man nicht mehr wie benommen, taumelnd unter der Wirkung des Schlags steht, da er so lange wie nötig hierbleibt, kann man sich Zeit lassen... »Das ist entschieden eine fixe Idee von Ihnen«... Woher haben Sie das? Zeigen Sie her, das ist interessant... Was haben Sie hier ausgebuddelt und mitgenommen und zusammengebastelt... Sie müssen ja eine schöne Sammlung besitzen, und da haben Sie sich von neuem etwas geschnappt, womit Sie Ihre Kollektion ergänzen, ihr einen Namen geben können: »fixe Idee«. Sie lassen sich nichts entgehen, Sie inspizieren ohne Unterlaß, sie sind so wachsam, neugierig, wissensdurstig... Sie sind der einzige, der so ist, niemand anders als Sie, und doch gibt es einige, die hier ein und aus gehen, aber Sie sind der einzige, der gesehen, zugepackt, mitgenommen hat, jedenfalls der einzige, der sich erlaubt hat, es zu enthüllen... Warum?

Aber das, was man jetzt sieht... es läuft wiederum im Zeitlupentempo ab... ist noch schwerer zu begreifen... das Gesicht, das Sie machten, als wir ungeschickt, kraftlos, irgend etwas ergreifend, Sie mit unserem »Das tut man nicht« daran erinnern wollten, ja, Sie, der die Regeln einer gewissen Lebensart besser als jeder andere beherrscht... diese sonderbare Verwandlung... Sie wurden auf einmal ein »Mann aus dem Volk« und »stolz darauf, es zu sein«, ein Proletarier, dem man die guten Manieren nicht beigebracht hat, der nicht weiß, was sich dort drüben schickt oder nicht schickt, bei den »feinen Leuten«, die ein gewisses Benehmen, einen gewissen Tonfall haben... Ihr eigener hat sich plötzlich verändert, als Sie wiederholten: »Ach so, das tut man nicht... Ach so, wirklich?...« Dieser spöttische Ton, dieser schleppende Ton... Woher hatten Sie das? Warum?

Er kann sich nicht mehr halten, er läßt sich gehen, er entleert hier ungeniert, er verstreut überall um sich her allerlei kleinen Abfall, den er von sich daheim mitgebracht hat, den er loswerden will... kleinliche Bedenken, winzige Sorgen, egal, was auch immer es ist... er zeigt all seine kleinen Wehwehchen... eingewachsene Nägel, Hühneraugen, Schwielen, Ballen, Juckreiz... ohne Scham, man könnte sogar meinen, er gefiele sich darin, sich so auszubreiten, sich so lässig zu suhlen, ziemlich abstoßend, wie er nie, wie er nirgendwo anders, wie er immer nur hier ist... Aber warum nur? Warum?

Er macht sich steif, weicht zurück, nimmt schon eine Haltung an, um zurückzuweisen, was man ihm reichen will... Aber er wird es diesmal nicht schaffen, es ist allzu verführerisch, unwiderstehlich, er wird nicht umhin können, sich auszustrecken, er wird es in die Hand nehmen, es halten, mithelfen, es hier festzuhalten, in der Mitte, damit man drum herum gehen, es von allen Seiten prüfend betrachten kann, es wird interessant, aufregend sein zu sehen, wie sich neue Einzelheiten abzeichnen, herauskommen, unerwartete Aspekte, wenn wir allesamt es aufmerksam betrachten... Doch sogar dieses Mal weigert er sich, es zu sehen, er schiebt es mit dem Fuß beiseite, oder er hebt es einen Moment auf und läßt es nachlässig wieder fallen, mit einer Miene... gelangweilt, verächtlich, er zeigt es deutlich, verstärkt es noch, er will sicher sein, daß man es sieht... Warum?

So gelangt man von einem Warum zum andern, sich an jedes klammernd… aber an was für einen seltsamen Ort… einen fremden Ort, der mit hier nicht zu vergleichen ist… Und doch, es ist wie in Träumen, wenn man ganz sicher ist, daß derjenige, der als ein Unbekannter auftaucht, sich als ein Vertrauter, Nahestehender entpuppt… es ist derselbe, er ist es, das weiß man, man wundert sich nicht einmal darüber… und was man jetzt sieht, was nicht so aussieht, ganz und gar nicht so aussieht wie hier, das niemals so ausgesehen hat, das ist tatsächlich *hier*, ohne Zweifel, das gleiche Hier, in alle Richtungen von Strömungen durchzogen, allen Winden preisgegeben, ohne Konturen, ohne Form…

Es ist tatsächlich dasselbe Hier, dieses Monument, dieser riesige Palast, es ist tatsächlich derselbe Name, der Name, den Hier nach außen hin trägt, der auf seinem Giebel steht… alle, die vor seiner imposanten Fassade stehen, vor seinen hohen, geschlossenen Türen, wissen, daß sie nie die Genehmigung erhalten werden, ihn zu besichtigen, sie wissen, daß es eine Gunst ist, eine Belohnung, die nur wenigen Auserwählten zuteil wird, ein paar seltenen Eingeweihten, die bewiesen haben, daß sie die Schätze, die es birgt, zu würdigen wissen… Und wer sind sie, daß sie es verdienten?… Sie wissen, daß sie nie dieses Glück haben werden…

Aber er… wer würde es glauben? wer hätte das jemals gedacht? Er, scheinbar einer von ihnen, er braucht nur mit dem Fuß daran zu tippen, und schon öffnen sich vor ihm die Türen…

Er fühlt aus den Blicken der Draußengebliebenen etwas auf sich zuströmen, das ihre Verwunderung, ihr sehnsuchtsvolles Verlangen weckt, eine starke Strömung, die auf ihn drückt, all seine Bewegungen lenkt, ihn zu sonderlichen Leistungen herausfordert… Seine Hand, die sich lässig, vertraulich ausstreckt, seine Augen, die durch diesen einzigartigen Ort schweifen… einzigartig jedoch nicht für ihn… es gibt einen anderen, wo er sich ebenso wohl fühlt, vielleicht ist er weniger imponierend, aber für ihn besteht da kein Unterschied, und er verkündet es unverzüglich, er sagt es laut, als machte er ein Kompliment, und man hört auf seine Worte, ja, an diesem Ort, würden Sie es glauben, Sie dort drüben? diese Worte von mir werden empfangen, aufgenommen in einem von Interesse, Ehrerbietung, Bescheidenheit erfüllten Schweigen…

Und sehen Sie nur, wie man sich um mich bemüht, um mich zu zerstreuen, mir gefällig zu sein… damit ich den erstaunlichen Zusammenprall in ein und demselben Wort, zwischen zwei entgegengesetzten Bedeutungen wahrnehme… und natürlich vernehme ich die Explosion, aber die Lachexplosionen, die hervorbrechen, die sie ansteckend um sich herum verbreitet, sind ganz und gar nicht nach meinem Geschmack, sehen Sie nur, ich bringe sie brutal zum Verstummen, im Namen von Anstand und Moral… und schon sehen Sie, wie sich alles sogleich verkriecht, beschämt, betreten, zerknirscht…

Da, wo man nur auf Zehenspitzen eintritt, mit aller Vorsicht, um nur ja nirgends anzustoßen, nichts schmutzig zu machen, da… es wundert mich bisweilen selbst… da breite ich mich aus, einerlei wo, da suhle ich mich…

Mit welch herablassender Miene weise ich die Gaben zurück, die jeden anderen beglücken würden, jedenfalls jeden von Ihnen allen dort drüben, und Sie sehen, wie

man all das bedauernd, enttäuscht wieder an sich nimmt, man sucht...
Ich verkünde Urteile ohne Revisionsmöglichkeit, ich verurteile... Und wenn ich, was selten ist, ein keckes Aufmucken bemerke, einen Versuch zu widerstehen, walze ich ihn nieder mit einem schweren, öligen, klebrigen, triefenden Akzent...
Was für ein anderer glanzvoller Ort könnte mir ein so erregendes Gefühl meiner außergewöhnlichen, außerordentlichen Kraft vermitteln...

Aber manchmal, wenn ich mich draußen unter Ihnen befinde, als einer von Ihnen, äußerlich wie Sie, wenn ich zu denen gehöre, die den Blick zu jenem unerreichbaren hohen Ort erhoben halten, und ich ihre naiven, bewundernden, respektvollen Äußerungen höre und schweige, mein Geheimnis für mich behaltend, was für eine seltene, unvergleichliche Freude, was für ein inniges Lustgefühl, dazusein, allein, ich allein, wissend, daß ich dort oben wie zu Hause bin, daß ich dort tun und lassen kann, was ich will.

Das war es also, das vielversprechende Licht am Ausgang des Labyrinths... Dahin haben die mühsamen Wege geführt, das Kommen und Gehen, die vielen Anstrengungen, um von »Warum?« zu »Warum?« sich voranzuhangeln.
Um dahin zu gelangen, in diese eintönigen Gegenden, wo die unterdrückten Bevölkerungen leben, umgeben von den eindrucksvollen, schnell erbauten Monumenten aus billigem Material, nach einfachsten Konventionen...

Wozu noch länger insistieren, versuchen, da weiter vorzudringen, wo, so weit das Auge reicht, nur solche Konstruktionen zu sehen sind? Besteht die geringste Aussicht, dort etwas zu finden, was nicht ebenso enttäuschend wäre...

XV

Dieses Schweigen... ja, das war das, was man Schweigen nennt... ein Name, den es hier nie hatte, es hatte überhaupt keinen Namen... aber jetzt, wo es wieder auftaucht... eine Form, die sich undeutlich abzeichnet... zeigt sie sich unter diesem Namen: Schweigen... Ein Verschollener, fast schon vergessen, kehrt aus fernen Ländern heim, zeigt die Kennkarte, die ihm dort drüben, im Ausland, ausgestellt wurde auf diesen Namen: Schweigen.

Schweigen... Wie anders konnte man diese Wortlosigkeit zwischen zwei Personen bezeichnen, die sich allein gegenübersitzen, was konnte man anderes sagen, wenn man sie beobachtete, als »sie bewahren Schweigen«. Und man muß zugeben, daß von den vielen, so verschiedenen Arten des Schweigens... man käme nie an ein Ende, wollte man alle aufspüren... gerade dieses zu der Sorte gehört, die einen ziemlich schlechten Ruf haben.

Wenn die beiden Personen, die sich offenbar schon lange gut kennen, schweigend dasitzen und das Schweigen zwischen ihnen andauert, so erweckt es oft bei denen, die draußen haltmachen, stehenbleiben, den Eindruck von innerer Entfernung, von Überdruß, Langeweile, von »Einsamkeit zu zweit«, wovon man weiß, daß sie noch bedrückender sein kann als die andere...

Schweigen... es mußte wohl von weither kommen, schon lange nicht mehr da sein, um sich, neu ausstaffiert, unter diesem Namen zu zeigen, fremden Blicken dargeboten, diesen oder jenen Eindruck erweckend, diesen oder jenen Ruf verdienend...

Es ist schließlich zurückgekehrt, wie sollte es anders sein, von einer so starken Erwartung angezogen, angesogen, es ist wieder hier, so wie es vorher war... unter seinem Druck ist dieser Name, **Sch**weigen, geplatzt, auseinandergebrochen, verschwunden... es gibt keinerlei Namen mehr für das, was hier ist, alles ausfüllt... etwas ist hinzugekommen, aber nein, es ist nicht hinzugekommen, es ist geschmolzen, verschmolzen mit dem, was schon hier war... es ist ein und dieselbe unteilbare Substanz, ganz aus einem Stück.

Welches Wort könnte hier emporschnellen... von woher? um wo zu landen? auf welcher Seite? auf welchem anderen Ufer? Es gibt keine andere Seite, kein anderes Ufer, keinen zu durchquerenden Raum, nichts, auf das man zugehen, nichts, das man erreichen, nichts, dem man sich zugesellen könnte...
Es ist unermeßlich, grenzenlos, man weiß nie, wie weit es sich erstrecken mag...

Das kleinste Teilchen, ganz gleich welches, so winzig, so bescheiden, so unbedeutend es auch sein mag, das sich dort niederläßt... das dort aufgetaucht ist und dableibt, das Stückchen grasiger Weg vor der alten grauen Mauer... behauptet sich ebenso sehr, ja, mehr noch als der größte, bedeutendste Teil der Welt... die Substanz, die hier alles ausfüllt, wo es sich niedergelassen hat, nährt es, verleiht ihm Glanz, eine Daseinskraft, eine außerordentliche Sicherheit... Es ist, als ob das, was überall verstreut, aufgelöst herumschwebte, sich in diesem kleinen Stück grasigen Wegs festgesetzt, konzentriert hat... es ist etwas sehr Widerstandsfähiges, Unzerstörbares geworden. Genau der Punkt, der kondensiert alles enthält, was es an Gewißheit, Sicherheit gibt.

Wenn doch schlagartig Worte kämen, auch nur ein einziges, wie es sich überall einstellen würde, ein Wort aus dem stets verfügbaren allgemeinen Vorrat, so wäre es, als sei es automatisch hervorgeschossen, aus Versehen, durch einen Mechanismus, der plötzlich nicht mehr richtig funktioniert... Es würde zerstören, verwandeln, es würde aus Hier einen klar begrenzten Raum machen, einen festgestampften, glatt gewalzten, eingeebneten und markierten Raum, von Autobahnen, Eisenbahnen durchzogen, auf denen die Worte verkehren, bekannte, vorhersehbare Entfernungen zurücklegend, ferne Orte miteinander verbindend.
Aber ist das nicht eines der Bilder, das herbeigerufen wird, um das Vertrauen zu stärken, es noch beglückender zu machen, daß hier nie etwas Derartiges geschehen könnte... Hier gibt es keinen falsch funktionierenden Mechanismus, so daß, wenn auch nur versehentlich, ein solches Wort herausschießen könnte...
Kein derartiges Objekt könnte in etwas eindringen, was außerhalb seiner Reichweite ist, unerreichbar... unzerstörbar...

Es ist, als ob sich weit hinten, ganz weit weg etwas leicht bewegte... kaum merkbar... es ist wie ein Schillern, ein Funkeln...
Es ist, als ob ein kleiner versteckter Spiegel hier die Sonnenstrahlen einfinge und Leuchtpunkte am Horizont aufblitzen, Lichter vorbeigleiten ließe...
Es ist, als ob etwas Laues von hier ausginge, sich weit ausbreitete, von hier aus erwärmte, keimen, aufblühen ließe... Worte werden daraus hervorsprudeln und sich hier in diesem Erdreich niederlassen... es gibt für sie nichts Besseres, kann es nicht geben...

Aber nein, man darf nicht, nur das nicht, nicht jetzt, alles möge noch in weiter Ferne bleiben... ein Vibrieren, ein schwaches Klopfen, Beben, Schwanken, das Zittern von etwas, das zögert, unsicher, am Rande des Daseins.

Daß keine Hoffnung, kein Versprechen es in Bewegung setze, es hervortreten, aufspringen lasse, um, koste es, was es wolle, etwas zu erreichen, zu fassen zu kriegen, was größer werden, anschwellen, auffliegen, schweben wird... Und dann – man weiß nie – ein einziges kleines Loch genügt, so klein, wie von einer Nadelspitze, die hineinsticht, um zu leeren, damit es in sich zusammenfällt, zusammensackt, platt daliegt... ein Häufchen zerknitterter Ballonhaut...

Daß es keine Virtualitäten, keine Möglichkeit mehr berge, stärker zu werden, sich auszudehnen, um mit aller Kraft, in alle Richtungen kräftige, zupackende Triebe auszustrecken...

Daß keinerlei Erwartung es klammheimlich, ängstlich, mit der Gier eines Ausgehungerten dazu bringe, sich zu recken...

Und keine Vorahnung... der Himmel könnte so viel Anmaßung bestrafen...

Daß sich dort hinten nichts bewege, nichts heranreife, nach hier hereingespritzt, -geschleudert werde... hier soll rein bleiben von jedem Wort...
Daß es möglich sei, zu betrachten, was dort drüben auftaucht und wieder verschwindet, so wie man ein flüchtiges Licht betrachtet, einen Wärmestrahl...
Daß nichts, und sei es noch so wenig, an diese Fülle rühre, auch nur im geringsten die Abgeklärtheit störe...
Nur noch dieses einzige Mal...

XVI

Wenn Adam und Eva geahnt hätten, was ihnen geschah, als Gott ihnen das Wissen von Gut und Böse ließ, daß sie es unweigerlich immer sofort erkennen würden, überall sogleich das Gute vom Bösen unterscheidend, und da Gott sie nach seinem Ebenbild geschaffen hatte, sogar bis zu jenem äußersten Punkt, sogar bis ins allerkleinste.

Was ist so unendlich klein, so minimal wie das, was da gerade auf dem Bildschirm erschienen ist, in dem Empfangssaal eines Palastes, wo der neue Regierungschef, jedem einzelnen die Hand reichend, an der Reihe der Männer entlanggeht, unter denen er vielleicht seine Wahl treffen wird... und jeder ihm zurückhaltend, würdevoll, mit jenem desinteressierten Blick, wie es sich gehört, die Hand gibt und ihn ansieht... und da plötzlich bei dem einen... ist es die Bewegung seines Arms, der sich ein klein wenig zu schnell hebt, oder die seines Halses, der sich ein paar Zentimeter zu weit vorstreckt, ein magerer biegsamer Hals, der allzu leicht wackelt, oder etwas in seinem Augenwinkel, an seinem Augenlid, seiner Lippe... ausgeschlossen, sich zu täuschen... dort hat sich ein winziges Teilchen, eine klitzekleine Dosis von etwas eingeschlichen, ausgebreitet und hier dieses leichte Unbehagen verursacht... Man hat keine Zeit, man braucht nicht weiter zu suchen, woher es kommt, es in seine Bestandteile zu zerlegen, sie zu benennen, man merkt es sofort, im

Ganzen gesehen, es ist das Böse... aber welches eigentlich? Wenn man es denen zeigen müßte, die nicht da waren, um es zu bemerken, müßte man es zerlegen, benennen... es war Übereifer, es war Begehrlichkeit, Unterwürfigkeit, Feigheit, Speichelleckerei... aber man könnte sich noch so sehr anstrengen, es gelänge einem nicht, alles zu definieren, woraus dieses Böse besteht.

Und noch winziger ist das, was auftauchte, als man unbekümmert an jenem Gartentisch saß und schwatzte, unter dem blühenden Baum, auf dem weichen Gras, als von der unerwarteten Beförderung die Rede war... wessen Beförderung? Egal... die Bewegung in ihm, die leichte Bewegung, die alle ringsum wahrnahmen, diese Welle, diese Woge, die aus ihm hervorkam und hier anbrandete... bei ihm ausgelöst durch Erstaunen? Nein, das war es nicht, jeder hatte es erkannt, jeder hätte versuchen können, es zu benennen, wenn es nötig gewesen wäre... jeder konnte es später wieder heraufbeschwören, um sich zu vergewissern, daß er sich nicht getäuscht hatte... ja, da war etwas gewesen, was man Mißtrauen, Feindschaft, Eifersucht, Neid nennen könnte... und da, gleich danach, fast zur gleichen Zeit, in dem Lächeln, in dem Blick, der Zufriedenheit, Wohlwollen ausdrücken sollte, war etwas, das die Wirkung des Partikels Böse noch tückischer, noch virulenter machte... es steckte auch Hinterhältigkeit darin, Hypokrisie...
Ist es nicht sonderbar, welche Wirkung schon die kleinste Spur des Bösen hervorruft, ebenso mysteriös, wie beim Einnehmen der kleinen Granulate, hergestellt nach Verfahren der Homöopathie...

Und die kleinen Parzellen des Guten? Spüren wir die nicht? O doch, sofort, und bei ebenso winzigen Dosen... in einem Blick, im Verziehen einer Lippe, eines Augenlids, einer Wange... die schweigende Welle, die sich, davon ausgehend, verbreitet, man weiß nicht genau zu sagen, was es ist, jeder bemerkt es, erkennt es... die Spiegelung in einem anderen Menschen von Leiden, von Freuden... ein brüderliches Teilen... kurzum etwas Wohltuendes, eine Parzelle des Guten...
Allerdings muß man feststellen, daß diese sanfte Liebkosung einer flüchtigen Brise, diese beruhigende Erinnerung daran, daß das Gute da, immer präsent, immer möglich ist, keine annähernd so starke und nachhaltige Wirkung hat wie ebenso geringfügige Dosen des Bösen.

Wie sonderbar ist es auch, daß sie da ist... immer präsent, in einer Ecke, diese Statue... die Statue des Guten... des vollkommenen Guten... absolut perfekt... jede ihrer vielen, unzähligen Facetten besteht aus einer homogenen Substanz, nichts ist so rein... so zerbrechlich... beim kleinsten Kratzer bildet sich ein Netz feiner Risse, breitet sich aus, überzieht es ganz...
Diese Facette, ganz aus Selbstlosigkeit, absolutem Desinteresse, untadeliger Würde, von gleicher Art, von gleicher Qualität, wie man sie unter anderen Umständen bei Helden und Heiligen bewundert... schon hat ein kaum wahrnehmbarer Luftstrom ein wenig zu schnell den Arm in die Höhe schnellen, den Hals sich ein wenig zu sehr vorstrecken lassen, den Rand des Lids, der Lippe verzogen, und schon ist sie davon berührt, sie wurde ange-

kratzt, hat Sprünge bekommen, ist geborsten, zerbrochen... und das so entstandene Loch hat sich mit etwas Trübem, Schmutzigem gefüllt, der Unreinheit schlechthin, ein recht widerliches Gemisch... von Begier? Feigheit? Entwürdigung?... Wer kennt es nicht... niemand täuscht sich... was sich da eingenistet hat, ist eine Parzelle des Bösen.

Und wenn es vorkommt, daß etwas diese absolut perfekte Statue auch nur ganz leicht an einer ihrer Facetten streift, sei es die der Nächstenliebe, der perfekten Brüderlichkeit, schon fängt sie an, stärker zu leuchten, zu strahlen... Was sie zum Leuchten bringt, erinnert vielleicht an das sanfte, beruhigende Flackern eines jener Flämmchen, die vor Heiligenbildern, Devotionalien brennen.

XVII

Bei denen müßte es sich von selbst verstehen, daß dieser Ausdruck unerträglich ist, wirklich einer, bei dem sich einem der Magen umdreht…
Aber was haben sie denn? Warum diese verwunderte, verstörte Miene, man könnte meinen, sie wagen sich nicht recht vor, sie überlegen noch, zögern… endlich entschließen sie sich… »Oh, wissen Sie, es gibt ja so viele, die diesen Ausdruck gebrauchen…«

»Es gibt ja so viele«… etwas ist hier in Bewegung geraten, eine Art kleiner Explosion… das Objekt, das ausgesucht wurde, nicht einmal ausgesucht, sondern zufällig berührt und unter so vielen anderen herausgehoben wurde, um es ihnen zu zeigen, um sie zu zerstreuen, damit sie sich heimisch fühlen, damit sie daran erinnert werden… wußten sie es denn noch nicht?… daß man hier für die gleichen Dinge empfänglich ist, daß man »die gleiche Sprache spricht«… dieses Objekt war gefährlich, es barg eine Sprengladung, die niemals entschärft worden war, und die ist explodiert… Eine kleine Explosion… und daraus sprudelte hervor »Es gibt ja so viele«…

Mit einem Schlag verändert sich alles hier, schrumpft zusammen, es ist, als ob sich alles mit einer einheitlichen Putzschicht überzogen hätte… man ist eingesperrt auf engem Raum zwischen harten, hermetisch abgedichteten Wänden... nicht die kleinste Ritze...

»Es gibt ja so viele«... eine dichte kompakte Menge ist überall eingedrungen, sie umringt sie, umschließt sie, trägt sie, und da zwischen ihnen dieser Ausdruck, er zirkuliert, geht von Hand zu Hand, ist vom Herumreichen abgerundet, abgeschliffen, es ist eine kleine Kugel, die sie selbst wohl in Empfang genommen und weitergereicht haben, ohne sich etwas dabei zu denken, ohne achtzugeben, sie können sie nicht aus dem Verkehr ziehen, können nicht beiseite gehen, sie abseits von anderen für sich überprüfen, es würde ihnen nicht gelingen, selbst wenn sie es wollten, aber sie wollen es gar nicht... Wozu solche Anstrengung? Was haben sie davon? »Oh, wissen Sie, dieser Ausdruck, es gibt ja so viele, die ihn gebrauchen, es lohnt nicht, sich darüber zu erregen... Es gibt Wichtigeres...« Wichtigeres als das? Aber was kann es auf der Welt Wichtigeres geben als dieses »Es gibt ja so viele«?

Ziehen, koste es, was es wolle, einen aus der Menge herausziehen, herausreißen, und sei es nur ein einziger... »Sie, ja Sie da, greifen Sie zu, dieser Ausdruck, halten Sie ihn fest, versuchen Sie, ihn zu umklammern... Ist es möglich, daß Sie nicht gespürt haben... Da ist doch etwas, nicht wahr?«... Aber er versucht nicht einmal, ihn zu schnappen, er wendet sich ab, weicht zurück, er ist wie aufgesaugt, die gewaltige Masse absorbiert ihn, er wird in ihr aufgehen, er verschwindet...

Es ist mühsam, so etwas machen zu müssen, aber es muß sein... da ist etwas, was sich rührt, es lebt noch, es ist noch nicht ganz zerquetscht, zerstört, es ist noch zu retten... Aber dieses Mittel anzuwenden... es auf die friedliche Menge zu schleudern, alle aneinandergedrängt in einer wohligen Wärme... Ruhe, Sicherheit, das ist alles, was sie verlangen... es auf all diese hilflosen, etwas schlappen, wenig trainierten Körper zu werfen, die mit ein und derselben Bewegung ihre sanften, treuherzigen Gesichter senken, brav wiederholend »Es sind ja so viele... Es sind ja so viele...«

Aber man kann nicht noch länger zögern, es geht um »Leben und Tod«, und da ist es, es kommt heraus, schießt hervor... »Was beweist das?«
»Was beweist das?« ertönt dröhnend, betäubend über ihnen... »Was beweist das?« beugt sie nieder, streckt sie nieder, sie blicken ängstlich auf zu dem, was über sie hinwegfliegt...

»Was beweist das?«... eine Waffe aus einem fernen, fremden Arsenal... sie waren nicht darauf vorbereitet, sie haben nicht gelernt, sich dagegen zu schützen, sie verfügen über keinerlei Verteidigungsmittel, über keine Waffe, mit der sie... ein paar versuchen sich aufzurichten, und sie finden da, in Reichweite... sie greifen zu, heben es auf... »Das beweist... das beweist...« aber es ist zu schwer für sie, sie können nicht damit umgehen... »Das beweist... das beweist...« nein, sie wissen es nicht zu gebrauchen, sie lassen es wieder fallen...

Einige von ihnen bemühen sich, wieder etwas Ruhe zu schaffen... sie warnen die Unvorsichtigen, die sich stark genug wähnen könnten, das »Das beweist«... wieder aufzugreifen... »Vor allem nicht daran rühren, es ist zu gefährlich, lassen Sie es, wo es ist, dieses ›das beweist‹... denken Sie daran: bisweilen genügt ein einziger, denken Sie nur an die Ausschließungen, Verfolgungen, Verurteilungen, die dieser einzige ertragen mußte, und wie dann, danach, es so viele waren, so und so viele nicht gegen ihn, sondern für ihn... Nehmen Sie lieber das, halten Sie es in die Höhe: ›Es sind ja so viele‹ kann nichts beweisen... ›Es sind ja so viele‹ haben wir gedankenlos dahergesagt, aus Faulheit, aus Versehen, aus Vergessenheit... ›Es sind ja so viele‹, das ist offensichtlich... halten Sie es recht hoch, wedeln Sie damit... ›Es sind ja so viele‹ beweist nichts.«

Es ist nicht möglich, nachdem man, sogar mit solchen Mitteln, die Kapitulation dieser friedlichen, unschuldigen Leute erreicht hat, es nicht auszunutzen, um sich ein paar davon zu schnappen, bei den Schultern zu packen, sie zu zwingen... »Geben Sie jetzt zu, daß da... Sie fühlen es...«

Sie stimmen zu... Ja, freilich... sie fühlen es... »Es ist in diesem Ausdruck... Sie können es nicht leugnen...« Aber nein, sie leugnen es nicht, sie erkennen es an... nur ist es stärker als sie, sie können nicht anders als versuchen, sich unauffällig zurückzuziehen, um sich so wenig wie möglich durch etwas beschmutzen zu lassen, das unförmig, weichlich, klebrig daraus hervorsickert, sie unterdrücken ein Verlangen, es wegzuwischen, denn nichts ist so sauber, so gepflegt wie sie... sie akzeptieren es widerwillig... »Ja, es stimmt, man muß zugeben, daß in diesem Ausdruck...« Was daraufhin hier geschieht... grotesk, ungehörig... das sind heftige Vorwürfe, Geschrei... »Sagen Sie es nicht mit spitzen Lippen... versuchen Sie nicht, Ihren Widerwillen, Ihre Verachtung zu verbergen... was da ist, was sich bewegt, das ist so zerbrechlich, so bedroht, kaum zu erkennen... ein Beben, ein Schwanken... das verdient, hören Sie, viel Aufmerksamkeit, Fürsorge, das verdient... sie ducken sich, sie wenden ängstlich den Blick ab... Das, ja, genau das, wovon Sie sich abwenden, das ist, verstehen Sie, das ist... sie wagen nicht, sich die Ohren zuzuhalten, um den Wüterich nicht noch mehr zu erregen, er wird ersticken... Was da ist, das ist... das ist...« die Wut – oder ist es ein plötzlicher Anfall von Scham – hindert ihn daran, den Satz zu beenden.

Wie sollte man nach einer solchen Leistung, nach so schönen Resultaten nicht bedauern, daß man nicht, solange noch Zeit war, auf sie hören wollte, als sie so brav und vernünftig geraten hatten, sich um wichtigere Dinge zu kümmern?

XVIII

Gleich bei dem »Wie geht es Ihnen?«... was wäre so natürlich, so vorhersehbar... spürt man bei dem andern, daß er sich zurückzieht, zusammenzuckt... er bringt allzu lautstark, als wollte er zurückdrängen, sich schützen, ein »Danke, sehr gut« hervor, und sogar ein »Danke, o ja, sehr gut«, beinahe aggressiv, vielleicht unabsichtlich und es schon bedauernd, um das »Danke, sehr gut« noch zu verstärken, es noch weiter zurückzudrängen... um noch deutlicher zu zeigen, daß das »Wie geht es Ihnen?« ihm etwas, und sei es noch so geringfügig, noch so flüchtig, sofort verraten kann, daß das, was er argwöhnte, fürchtete, floh, tatsächlich hier war... Es gab keinen Zweifel: hier *wußte* man Bescheid.

Ja, es ist wahr, hier weiß man es, aber dieses Hier ist nicht einer von den Orten, an denen Sie gewöhnlich verkehren, es ist sogar ärgerlich, daß Sie sich so täuschen konnten... Bescheid zu wissen konnte nicht Worte wie »abserviert«, »angeschmiert« hervorrufen, Worte von anderswoher, einige von den entwürdigenden Worten, die hier nur jene herabwürdigen, die sie benutzen.
Aber das kurze Zucken, das Insichzusammenziehen, das ängstliche Zurückweichen weckt das Bedürfnis... das nie entsteht bei etwas, das sich von jeder Berührung fernhält, das durch seine Reglosigkeit, seine Unabhängigkeit geschützt ist... es weckt den Wunsch, näher heranzugehen,

zu berühren, anzufassen, was sich zusammenzieht, sich unsichtbar machen will, ängstlich, schlotternd... das ununterdrückbare Verlangen, es in die Hand zu nehmen, sanft zu streicheln, keine Angst, Sie haben nichts zu befürchten, hier ist keine Spur von dem, was Sie befürchten, nichts, was Sie verletzen, erniedrigen könnte, was auf Ihre Kosten sich erhöhen könnte, nichts als der Wunsch, Ihnen zu Hilfe zu eilen, das ist mühsam, unerträglich zu spüren, wie sehr es Ihnen hier, in Freundesland, an Vertrauen gebricht...

Aber wie könnte man näher an Sie herankommen? Mit welchen Worten? Worten, bei denen Sie sich nicht erst recht verkriechen würden, immer weiter flüchtend, sich duckend, entwischend, um nie mehr zurückzukehren...

Was sind das auf einmal für automatisch, ganz von selbst hervorgekommene Worte, die immer parat stehen und, sobald etwas sie nach draußen zieht, ungehindert passieren, unkontrolliert... »Sie sehen glänzend aus. Sie scheinen in bester Form...«

Dann werden die Worte, wie zu erwarten, mit einem »Danke« in Empfang genommen, das aus jenen fernen, eisigen Regionen herbeigeholt wird, wo jenes höfliche Lüftchen weht, das »abkühlend wirkt«, das einen Augenblick jene vor Kälte erzittern läßt, über die es hinweggeweht ist.

Hinfort wird kein Wort mehr durchgelassen, ohne daß es nicht zuvor aufmerksam kontrolliert wurde.

Die Worte ziehen vorsichtig, artig vorbei, legen lustlos weite Strecken zurück... flanieren träge von einem Ende der Welt zum anderen... Worte mit etwas fadem Geschmack, sie erinnern an »leichte Kost« ... ihnen fehlt eine nahrhafte, kräftigende Substanz, sie sind »ohne Saft und Kraft«.

Aber da, an dieser Stelle ... wäre es nicht sonderbar, ganz ungehörig, sich dort niederzulassen, dort haltzumachen ... na, wenn schon, »wer nicht wagt, der nicht gewinnt« ... eine Beschwörungsformel, die schon so oft Kräfte geweckt hat ... »Finden Sie das nicht komisch ... inmitten all dieser Ereignisse, dieser Umwälzungen, diese Aufregung, und nicht nur in den Massenblättern, auch in ganz seriösen Zeitungen, dieser empörende Skandal ... der glanzvolle Märchenprinz, er hatte nur die Qual der Wahl, und er hat auf die Idealgestalt aller vielbewunderten Eigenschaften verzichtet, er hat das allergewöhnlichste Mittelmaß vorgezogen ...« Noch ein wenig Mut, noch einmal »wer nicht wagt«, es wagen, die Worte auf diesen sehr exponierten, gefährlichen Direktweg zu schieben ... »Wenn man nicht meinte, daß es sich um die Entscheidung bei einer Ausleseprüfung handelt, könnte man glauben, daß der Verlierer das nicht verdient hat, daß es ungerecht ist ... Ist es nicht absurd? Ist es nicht hirnverbrannt, kindisch? Und daß es so verbreitet ist ...«
Einen Augenblick erwacht der glückliche Auserwählte, rekelt sich stolz, allseits bewundert, der sich gerade noch verstoßen, in die jammervolle Menge der Nieten zurückgestoßen fühlte, er schüttelt sich, es stimmte also gar nicht, es war ein Alptraum, es hatte gar keinen Mißerfolg, keine Demütigung gegeben, nichts, was man verachten, nichts, womit man Mitleid haben konnte ...
Er wird sich aufrichten, es stimmte nicht, ein böser Traum ... »Natürlich ist das ganz lächerlich, diese Auf-

oder Abwertungen in einem Bereich, wo doch weiß Gott...«
Aber nichts scheint sich in ihm geregt zu haben, in seinen Augen ist Gleichgültigkeit, etwas wie Verachtung... »Ich muß sagen, daß solche Dinge... Ich habe es nicht genau verfolgt... es hat mich nie sehr interessiert... ich weiß, ich habe Freunde, von denen man nie erwarten würde, nun ja, die Tagesereignisse und sogar die Klatschblätter... aber ich...« – »Oh, ich auch nicht, wissen Sie, doch dieses Mal der ganze Presserummel, die Empörung...«

Man muß sich also wieder aufmachen, sich von diesen unfruchtbaren Gefilden entfernen... vielleicht gelingt es, mit Geduld, mit etwas Glück zu finden...
Man könnte meinen, daß bereits in der Ferne etwas erscheint, verheißungsvolle Orte... aber Vorsicht, nicht zu rasch dorthin gelangen, seine Vorkehrungen treffen und dann, nach einem ziemlich langen und vorsichtigen Lauf in der fruchtbaren, wohl geschützten Gegend angekommen, dort haltmachen... »Ist es nicht immer verwunderlich, wenn man es recht bedenkt, daß es so vieler Kämpfe, so vieler Mühen bedurfte, bis die Sklaven, die Parias so weit kommen, sich nicht mehr zu verachten, und sogar umgekehrt, diese Verachtung auf jene richten, von denen sie verachtet werden... sich ihnen überlegen zu fühlen, diesen minderwertigen, unsensiblen, grobschlächtigen Wesen... Ich werde nie das Schauspiel vergessen, vor ein paar Jahren, in einem Theater in Harlem, in das sich kein weißer Amerikaner hineintraute, wir waren die einzigen beiden Weißen, ganz offensichtlich Ausländer, die Schauspieler, alle Schwarze, skandierten auf der Bühne, im Chor, vom ganzen Saal wiederholt: ›Black is beautiful.

White is ugly. U.G.L.Y. Ugly.‹ Es war ganz erfreulich, diese Kehrtwendung einer Tendenz, die wir alle kennen, nicht wahr?«

Sollte man nicht meinen, daß... oder ist es die allzu starke, irrsinnige Hoffnung, die diese Illusion hervorruft... Es scheint, daß sich in ihm etwas aufrichtet... sieht er nicht den anderen vor sich wie ein verächtliches, vulgäres Wesen, das seiner unwürdig ist...

Oder nein, doch nicht, ist es nicht vielmehr die Gewißheit, die nichts in ihm zerstören, schmälern kann... der Stolz zu wissen, daß derjenige, der ihn auserwählt hat, der von ihm auserwählt wurde, was immer geschehe, besonders hohe, seltene Qualitäten haben mußte...

Wie herausfinden, von wo dieses Aufrichten gekommen ist? Hat es überhaupt stattgefunden? Man mag noch so sehr in diesen Worten suchen... »Ja, das ist wirklich sehr erstaunlich, die Macht der Vorurteile, von denen am Ende die Opfer selbst angesteckt werden...« Unmöglich, in diesem etwas steifen, verschlossenen, durch und durch angepaßten, anständigen Satz etwas zu entdecken...

Schlagartig ist das Bedürfnis verschwunden, an das heranzukommen, das einzufangen, festzuhalten, zu streicheln, zu beruhigen, was da in ihnen zittert, lauert, um sich im nächsten Moment zu verkriechen, im Dunkel zu verschwinden...

Aber während die Unterhaltung in aller Sicherheit ruhig und normal ihren Gang geht, entsteht hier von hinten her eine immer größere Aufregung, ein wahrer Tumult... Worte tauchen auf, schubsen sich, stoßen, drücken, ungeduldige Worte, die keine Zeit haben, sich zu Sätzen zu

fügen… vereinzelte, unzusammenhängende Worte… »Tadellose Gegenseitigkeit… Die horizontale Stange einer Schaukel… einer dem anderen gegenüber, immer auf gleicher Ebene… Kommunizierende Gefäße…« sie werden herauskommen und beim Kontakt mit der Außenwelt zu Berechnungen werden, kleinlichen Kalkülen, schulmeisterlichen Vorschriften…
Aber keine Angst, sie werden nicht herauskommen.

Während die Unterhaltung noch im Gange ist, sieht man hoch oben über der traurigen Prozession einen Stern durch die Wolken ziehen… er gehorcht unbekannten Gesetzen, folgt seltsamen Bahnen… Dort, außer Blickweite, sprudeln Quellen, frische Gewässer, fließen, verbreiten sich, schwellen an, versiegen… die Worte, die durchdringen wollen, werden wie aufgeblasene Popanze sein, die aufgepumpt von dem exaltierten Ton des Visionärs, des Mystikers davonfliegen…
Aber sie werden nicht durchkommen.

Durch die Empörung nach vorn geschoben, drücken die Worte stärker, werden hervorquellen… »Sie haben entweiht, degradiert, Sie haben den ganzen Kram heruntergeholt und hier deponiert… Podien, Mikrophone, Preisverteilungen, Erfolge, Mißerfolge, lächerliche Siege, Stürze, Entwürdigungen, Demütigungen…«
Aber keines dieser irrsinnigen Worte kann hervorbrechen, die Unterhaltung wird ruhig und normal weitergehen.

Nur das, was Sie zu bemerken glaubten, beim Ankommen, in dem arglosen »Wie geht es Ihnen?«, was Sie hat erzittern, zusammenzucken lassen, das ist jetzt da, es läßt sich nicht verhindern, es ist durchgedrungen, hat sich durchgeschlängelt, in dem »Auf Wiedersehen. Lassen Sie es sich gutgehen«.

XIX

»Jaja, es gibt Leute, die benehmen einem die Luft« ... Das war alles, was man sogar nur aus dem herauskriegen konnte, einem der ganz wenigen, bei dem man sich traut, über derlei Dinge zu sprechen, bei dem man zu fragen wagt, ob auch er ... ob ihm das nie passiert sei ... »Es ist ganz sonderbar, man könnte meinen, es sei noch nie jemandem passiert ... die Leute ... man weiß nicht, wie ... sie haben nichts in sich, was es verständlich machen könnte ... wenn sie da sind, und sogar noch eine Zeit danach, wenn sie nicht mehr da sind ... wirken sie auf einen in einer Weise ... wie soll man sagen ... es ist, als ob man nicht mehr existierte, nein, das stimmt nicht, man existiert, aber es ist nicht das, was man existieren nennt ... man ist ... verstehen Sie ...« Er hat das Gestammel unterbrochen und hat gesagt: »O ja, ich weiß, es gibt Leute, die benehmen einem die Luft.«

»Sie benehmen einem die Luft« ... Worte, die man zurückweisen möchte, nein, das stimmt nicht, ganz und gar nicht ... aber sie widerstehen, bleiben da, ausgestreckt wie eine Stange, an der man sich, man weiß nicht, warum, festklammert ... »Sie benehmen einem die Luft« ... und man sieht sie in dem dichten Nebel auftauchen, einer richtigen Waschküche, diese Worte lassen einen erkennen, wirklich erkennen? oder zumindest glauben, daß man erkennt, daß es keine Luft mehr gibt, die einem »benommen« werden kann, die eigene Luft ist verschwunden, man könnte meinen, es habe sie nie gegeben, es ist nicht die geringste Spur davon zurückgeblieben, es ist nur noch die Luft da, in der man wie die anderen lebt, ein natürliches Element, das einem nicht mehr gehört als jedem anderen... Und es wäre einem nie aufgefallen, man hätte immer darin gelebt, man würde jetzt noch darin leben...

Doch auf einmal... wie ist es dazu gekommen?... Ein paar leichte Luftstöße, es ist die Luft von hier, von vorher, die zurückgekommen ist... alles bewegt sich, bebt, beim kleinsten Impuls bilden sich Wellen, die sich endlos verbreiten... der gewöhnlichste, noch so häufig benutzte Gegenstand kann plötzlich, als hätte man ihn nie zuvor gesehen, einen bisweilen eine ganze Weile verwundern, entzücken, beunruhigen, stören... die Antennen, die Tentakeln, die Saugnäpfe der Worte recken sich, suchen, tasten, wollen sich anklammern...

Etwas ist geschehen... eine Schrumpfung, eine Erstarrung... eine Art Abwesenheit... Wohin war man geraten? Was war geschehen?

Wie soll man es wissen? Wie kann man es zu packen kriegen, es festhalten? Mit welchen Mitteln? Welchen Worten? Es gab keine dort drüben, es war niemand da, der es gemerkt hätte, der versucht hätte, es aufzugreifen...

Aber man muß es um jeden Preis wiederfinden. Man kann nicht darauf verzichten, auf keinen Fall.

Nun, dann eben nicht, man hat keine Wahl. Keine anderen Mittel als die behelfsmäßigen. Schlecht angepaßte, unangemessene Worte. Wie »sie benehmen einem die Luft«...

Und wenn wieder durch einen Glücksfall, wie bei »sie benehmen einem die Luft«, unzutreffende Worte enthüllen... zumindest andeuten könnten...
Warum dann also nicht mit denen beginnen, den ersten Worten, die sich ganz von selbst einstellen... »Eines schönen Tages sind sie gekommen und haben sich hier niedergelassen«...
Aber da »niedergelassen« nicht paßt, nicht einmal »gekommen«... ihre Ankunft war sogleich wieder weggewischt... mit dieser Ankunft war schlagartig alles, was hier war, verschwunden, man hätte meinen können, es wäre überhaupt nie dagewesen...
Es war immerhin ihre Ankunft, die die Luft, die hier war, vertrieben und ersetzt hat... Nein. Sie haben nichts vertrieben, die Luft, die hier alles ausfüllte, war keine importierte Luft. Es war ganz einfach Luft. Es gab keine andere, es konnte gar keine andere geben.
Aber schließlich ist die Luft mit ihnen hereingekommen. Nein, bei »hereingekommen« könnte man annehmen, daß sie von draußen gekommen ist...
Von welchem Draußen? Es gab nirgends etwas anderes als das, was da war. Ebenso offensichtlich, ebenso gewiß wie der Wechsel der Jahreszeiten, wie das Wetter, der Sonnenaufgang oder der Mondschein.
Ebenso offensichtlich? gewiß? Wer konnte Wörter wie »Offensichtlichkeit«, wie »Gewißheit« hier hereinbringen und auf das legen, was da war? Und sogar »da« paßt nicht. Wo da? Da im Bezug auf was?
»Man ging auf vorgezeichneten Wegen.« Aber nein, es

gab keine vorgezeichneten Wege. Vorgezeichnet von wem? Man bewegte sich, wie es einem gefiel. Man konnte hingehen, wohin es einem beliebte.
»Man hielt sich an die Regeln.« Nein. Welche Regeln, wenn nicht unsichtbare, unvermeidbare, notwendige, die alles regeln, was da ist.
Gegenstände tauchen auf... Gegenstände, die von Interesse sein konnten... Von Interesse? Aber das Interesse hätte Bewegungen ausgelöst, um näher an diese Gegenstände heranzukommen, sie in Besitz zu nehmen, sie zu drücken, zu versuchen, aus ihnen wer weiß was herauszupressen... aber sie waren nur vorübergehend da, unnahbar, unberührbar, außer Reichweite, sie konnten keinerlei Bewegung auslösen.
Jetzt kommen, aus Lust am Mitspielen, Worte, kontrastierende Worte, um nur, wie zum Spaß, noch ein wenig mehr Druck auszuüben, noch etwas stärker zu markieren... »Eingeschlossen«... Aber nein. »Geschlossene Welt«... Nein, natürlich nicht. »Erstickung«. Nein. »Langeweile«. Ach was. »Nostalgie«. Nein, nein und nochmals nein. Nichts von alledem. Aber was denn sonst? Etwas, das da war, und man sieht nur noch das, was es nicht war...

Aber woher mag das nur gekommen sein, »Das, was es nicht war«? Man hat eine unbekannte Substanz in sich aufgenommen... eine unsichtbare, farblose, geruchlose Substanz, die, man weiß nicht wie, gewirkt und diese Lethargie ausgelöst hat. Diese Lähmung. Dieses Koma. Diesen Tod.
Wozu versuchen, es mit Worten aus dem Leben wiederzufinden?

XX

Nein, die nicht, nicht diese Worte, sie sollen bleiben, wo sie sind, abgeschirmt, gut geschützt. Selbst der ganz natürliche, so vertraute Wunsch, mit anderen zu teilen, mit ihnen derartige Schätze zu betrachten, wird nicht dazu verführen, sie vorzuzeigen... jeder Blick, sei er auch voller Wertschätzung, Bewunderung, der sich darauf legt, jede noch so zarte, respektvolle, noch so verehrungsvolle Berührung wäre unerträglich, ein unzulässiges Eindringen, eine Profanierung.

Und was die Befürchtung angeht, daß jemand sie jemals hierherbringen könnte... Wer würde sich so lächerlich machen, diese Worte zu präsentieren, sie dort herauszuholen, wo sie gefunden wurden, eingeschlossen zwischen den Deckeln alter Schulbücher, ausgebreitet auf unzähligen Klassen-, Prüfungsarbeiten, ständig kontrolliert, durchforscht, hin- und hergewendet... Wer würde versuchen, um sie ein wenig zu lüften, ihnen einen kleinen Ausflug zu gestatten, sie hierherzuholen, immer noch in ihrer ungefälligen Schuluniform, ganz linkisch, nicht wissend, wie man sich benimmt, wie man sich verhält an diesen Orten, an denen sie gewöhnlich nicht verkehren, wohin sie nie eingeladen wurden... Könnte durch Ungeschicklichkeit, Schüchternheit nicht etwas Lächerliches in den Ton, mit dem sie eingeführt würden, hineingleiten... vielleicht, wie es vermeiden, da sie sich so gut dafür eignen, eine gewisse Feierlichkeit... würden sie ihren Silben durch leichtes Dehnen und Pausieren nicht etwas Großsprecherisches, tragisch Emphatisches verleihen... »Das ewige Schweigen der unendlichen Welträume erschreckt mich«... Oder vielmehr, im Gegenteil, damit sie nicht verweilen, sie aneinanderpressen, sie schubsen, sie gegeneinanderrollen...

Aber nein, man darf sich nichts vormachen, nichts von alledem befürchten... nicht für sie, nicht für diese Worte. Sie können hier ruhen, unerreichbar, unverletzbar, sie sind hier in absoluter Sicherheit.

Wenn sie auftauchen, ist es einer der seltenen Momente, wo jegliche Unreinheit von hier verschwindet, selbst das kleinste Hindernis, das sie, und sei es noch so wenig, stören, ihre Bewegung hemmen könnte...

Dann kommen sie... ist es nicht, als ob bei ihrem Nahen sich alles belebte, zu beben anfinge... sie steigen aus jenen Tiefen auf, in die sie eines Tages gefallen sind, und entfalten sich... »Das ewige Schweigen der unendlichen Welträume erschreckt mich.«

Worte, die geräuschlos widerhallen, die von nirgends her gekommen, an niemanden gerichtet sind, in keinem anderen Ton ausgesprochen wie ihrem eigenen, dem von ihnen geschaffenen, dem einzigen Ton, der genau richtig ist, genau mit dem übereinstimmt, was sie sind...

»Das ewige Schweigen der unendlichen Welträume erschreckt mich.« Die Form jedes Worts, der Abstand zwischen ihnen, der so genau wie nur irgend möglich ist, gestattet jedem von ihnen zu wachsen, sich auszudehnen und dann in Berührung mit dem folgenden sich auszustrecken, sich weiter weg auszubreiten, sich immer

höher hinaufzuschwingen, noch höher, noch höher, endlos...
Und alles hier, von diesen Worten getragen, fest an ihnen haftend, dehnt sich, streckt sich, breitet sich aus, schwingt sich in die Höhe... wie hoch?... höher geht es nicht, der Mut versagt...
Und dann, wenn so hoch emporgehoben, daß es nicht höher geht, fällt das »erschreckt mich«... das Zucken eines Vögelchens, in vollem Flug abgeschossen, auf der Erde liegend... »erschreckt mich«... das Zittern seiner noch warmen, lebendigen Flügel...

Anscheinend war es an jenem Tag, daß es zum erstenmal auftauchte... nicht alles, nur ein winziges, kaum sichtbares Stückchen... das war, als wir das neue Spiel spielten, das so lustig ist... man mußte in der richtigen Reihenfolge, ohne sich zu vertun, Montag, Dienstag, Mittwoch, Donnerstag, Freitag, Samstag, Sonntag vorbeiziehen lassen... und dann wieder von vorne anfangen, Montag, Dienstag...
Sie kommen jetzt ganz allein, sie folgen immer schneller aufeinander... Montag, Dienstag, Mittwoch... »Es lohnt sich nicht weiterzumachen«... – »Ja, aber dann? Was kommt dann? wieder Montag, Dienstag... und dann? wieder Montag, Dienstag, Mittwoch, Donnerstag... und dann wieder Montag?, aber bis wann?... – »Immer.«
Immer?... Es gelingt nicht, auch wenn man sich mit aller Kraft ausstreckt, um zu erfassen, was dieses Wort bedeutet, aber es gibt so viele Dinge, die ein Kind nicht versteht... man muß warten, auch damit, bis man erwachsen ist...

Aber unterdessen, wie komisch ist doch dieses Wort ... es ist spaßig auszusprechen, zu wiederholen ... für immer/tou-jours ... indem man die Lippen vorschiebt, sie zuspitzt, als wollte man blasen ... tou-jours ...

Manchmal, wenn es so guttut, unter dem bestirnten Himmel zu stehen, die vertrauten Sterne, jeden getreu an seinem Platz zu finden, spürt man plötzlich hinter ihnen eine Präsenz ... etwas ist da ... kaum sichtbar, sehr düster, formlos, grenzenlos ... wenn man es erreichen möchte, wenn man näher herangelangte, würde man angesaugt, mitgerissen ... ein Blatt im Wind, herumgewirbelt, absorbiert, aufgelöst ...
Geschwind zurückweichen, sich so eng wie möglich an die feste Erde schmiegen, den Blick unverwandt am Himmelszelt ... Und sie fügt sich wieder zusammen, wird wieder vollkommen undurchlässig, nicht die geringste Porosität, durch die eindringen könnte ... nichts Unaussprechbares, Unerträgliches kann sich in das friedliche Funkeln der Sterne einschleichen.
»Das ewige Schweigen der unendlichen Weltenräume erschreckt mich« ... Worte, die ein für allemal vom Himmel gefallen sind ... Aber nein, sie kommen von der Erde ... gibt es etwas Banaleres als »Schweigen«, »endlos«, »Weltenraum«, »ewig«? Es bedurfte eines Wunders, um sie miteinander zu vereinen ... keine menschliche Kraft hätte es vermocht ... daß sie eine so große Macht bekommen ..., daß sie sich aufschwingen, das Himmelsgewölbe durchstoßen, daß sie, so weit das Auge reicht, auf die formlose Finsternis einen Schal aus funkelndem Stoff

werfen, fest geknüpft, einen Weg, der den Glanz, die geschmeidige Härte des Stahls hat... Von diesen Worten getragen, an diesen Worten entlang schreitet man geblendet, betäubt voran... »Das ewige Schweigen der unendlichen Welträume«...

Doch was ist nur mit diesen Wörtern? Was ist mit ihnen geschehen? Der funkelnde Schal ist zerrissen, ausgefranst... der glänzende stählerne Weg ist rissig geworden, seine Bruchstücke sind in alle Winde verstreut...

Man könnte meinen, daß all das, was diese Worte beherrscht, gebändigt hatten, all das, dem sie ihre Pracht, ihre strenge Eleganz vermittelt hatten, sie durch einen heftigen, brutalen Ruck gespalten, gesprengt hätte... und was daraus hervorgegangen ist... was sich verbreitet... was alles hier ausfüllt...
Aber es ist unmöglich, es ist undenkbar, das gibt es nicht, kann es nicht geben...
Doch, das gibt es... »erschreckt mich«, was noch von ganz weither kommt... »erschreckt mich«... ein schwaches Jammern... »erschreckt mich«... das Kratzen, das zitternde Klopfen eines andern, eines Gleichen, der derselben Folter unterworfen ist...
»Erschreckt mich«... das Zeichen. Der Beweis.
Es ist also gewiß. So ist es. Und man hat es geschafft. Man ist dort. Man ist da angelangt, wo nichts mehr ist. Nirgends. Nichts. Nichts. Nichts. Niemals. Nimmer. Nimmer. Nichts.

Arcimboldo! Er ist es… Ein Flugkörper, der plötzlich hier aufgeschlagen ist, Gott weiß wie, Gott weiß woher… Arcimboldo ganz und gar. Arcimboldo vollständig. Das Arci… riesengroß, maßlos… und das kühne Bold und das kecke, arrogante »O«, das ihn noch mehr aufrichtet, reckt, strafft…

Arcimboldo. Alles hier ist seins. Hier ist der Ort, den er braucht, um es sich bequem zu machen… um seine Wellen so weit wie möglich zu verbreiten… Seine Eigenwilligkeit zu entfalten. Seine Dreistigkeit.

Er möge dies und noch anderes hierherbringen, was immer ihm beliebt, die Blumen, das Gemüse, die Früchte, die sonderbaren Sachen, die seltsamen Tiere, er möge nach Gutdünken darüber verfügen… Arcimboldo, die Selbstsicherheit in Person. Die Bestätigung. Die Herausforderung. Arcimboldo. Alles hier ist einzig und allein er. Arcimboldo.